書店のショーウィンドウに、べったりと顔をつけている女がいた。
「でー……」
R.O.D
READ OR DIE
イラスト／羽音たらく

「……てめえの紙と俺の筆……。
どんな原稿が、あがるかな？」

「やあ、読子……
最初に会ったときと逆だな、
この状況は」

スーパーダッシュ

R.O.D
READ OR DIE
YOMIKO READMAN"THE PAPER"

第六巻

倉田英之

スタジオオルフェ

集英社スーパーダッシュ文庫

R.O.D　第六巻

CONTENTS

プロローグ……12

第一章　『アジアの真ん中で』……32

第二章　『黒くぬれ』……111

エピローグ……210

あとがき……215

スーパーダッシュ

R.O.D人物紹介

読子・リードマン

大英図書館特殊工作部のエージェント。紙を自在に操る"ザ・ペーパー"。無類の本好きで、普段は非常勤講師の顔を持つ。日英ハーフの25歳。

菫川ねねね

現役女子高生にして売れっ子作家。狂信的なファンに誘拐されたところを読子に救われる。好奇心からか、現在は逆に読子につきまとっている。

ジョーカー

特殊工作部をとりしきる読子の上司。計画の立案、遂行の段取りを組む中間管理職。人当たりはいいが、心底いい人というわけでもないらしい。

ファウスト

大英図書館に幽閉されている謎の人物。外見は少年だが、既に数百年生き続けている叡知の探究者。

ウェンディ・イアハート

大英図書館特殊工作部のスタッフ見習い。持ち前の元気と素直さで、仕事と性格の悪い上司に立ち向かう。

王炎・凱歌

中国の秘密結社〝読仙社〟の紙使い。英国の女王を誘拐し、グーテンベルク・ペーパーとの交換を要求する。

ナンシー・幕張

ジョーカーの指令を受け、読仙社の潜入調査を行っているエージェント。コードネームは〝ミス・ディープ〟。

イラストレーション／羽音たらく

R.O.D
READ OR DIE
YOMIKO READMAN "THE PAPER"

——第六巻——

プロローグ

さあどいつもこいつも道を空《あ》けろ、俺は怒濤《どとう》の読弾《どくだん》列車。あたるを幸い読んで読んで読み尽《つ》くすぜ。

女子供向けでも容赦《ようしゃ》はしねぇ。ちぎっては読み、読んでは崩《くず》し、世界の本はみんな俺の物。俺の通った跡には豆本《まめぽん》一冊残りゃしない。

最高の美女よりも山と積まれた財宝よりも極上《ごくじょう》の料理よりも至高の芸術品よりも、俺が求めるのはひたすらに本、本、本。

東で新刊が出たと聞けば、風を足にして駆けつけ、買い占《し》める。

西で古書市が始まれば、林のように居並ぶ邪魔者《じゃまもの》を弾《はじ》き飛ばし、目当ての本を探し出す。

南で蔵書家がくたばれば、火のごとくコレクションを舐《な》めつくし、一切合切《いっさいがっさい》奪い取る。

北で図書館が門を開ければ、山みたいに腰を下ろし、全部の本を読了《どくりょう》するまで動かねぇ。

俺は無敵の読弾列車。停車駅は本屋と古本屋と図書館と古書蔵だけ。

そこの可愛《かわい》い新刊嬢《じょう》ちゃん。怖がることはねぇ、俺の前でまたぐらをおっ広《ぴろ》げな。ページの奥の奥まで覗《のぞ》けるように大きく開くんだ。

俺はおまえの身体《からだ》の隅々《すみずみ》まで、一言一句《いちごんいっく》逃さずに愛読してやるよ。読まれることの快楽を綴《と》じ目まで教えこんでやる。

何のために生まれたか？　何のために書かれたか？　それを今、この俺がおまえのページを一枚一枚めくりながら読みあげてやる。快感のインクを垂れ流しながらむせび悦《よろこ》ぶがいいさ。齢《よわい》三歳から磨《みが》き上げた指使い、視線、睦言《むつごと》、俺の読書テクに逆らえる本なんかいるわけがない。博物館の奥で鎖《くさり》に繋《つな》がれた稀覯本《きこうぼん》も、売文宿で媚《こ》びを売る一冊三ドルのロマンスも、世界累計《るいけい》一億部のベストセラーも皆同じだ。終《しま》いには、随喜《ずいき》の涙で化粧《けしょう》を流し落として、俺に本物の顔を見せるのさ。

それが本たちを愛するということ。裸に剝《む》くということ。全身で本を抱くこと。他の何からも得られない、最高の快楽。

わかったら道を空けやがれ。俺は彷徨《ほうこう》の読弾列車。まだ見ぬ〝運命の本《ファム・ファタール》〟を探して、黴臭《かびくせ》ぇ本棚《ほんだな》の間をかけ抜ける。何十年も陽の当たったことのねぇ蔵の中を覗《のぞ》き込む。宥《なだ》めて賺《すか》して脅《おど》しあげて、豚から真珠《しんじゅ》本を取り上げる。止められる奴なんざいやしねぇ。

たとえこの身が滅《ほろ》んでも、生まれ変わってまた本を読む。

東京神田《かんだ》、神保町《じんぼうちょう》。

ある種の人間は、この名前を聞いただけで胸をときめかせる。それはつまり、本好きと呼ばれる類《たぐい》の人種だ。

この町は、ＪＲ線のお茶《ちゃ》の水《みず》と水道橋《すいどうばし》駅間に位置するのだが、そのわずか一駅間に新刊、古書店あわせて二〇〇近くの書店が並んでいる。世界でも最大の書店街だ。

人々は知識欲を満たすために、あるいは収集癖《へき》に駆られて、または探求心の赴《おもむ》くままにこの町に集《つど》い、歩き回り、そして去っていく。

膨大《ぼうだい》な本の中から、お目当ての一冊を入手できるかは、それこそ砂金《さきん》取りの仕事にも等しい。ひとかけらの運と、手間を惜《お》しまない強い意志が必要だ。

それでも日夜、新たな出会いを求めて多種多様の愛書家がこの町を訪れる。

第二次世界大戦時、東京の街は大空襲を受け、焼け野原となった。

そんな中で神保町が、さしたる被害もなくその街並みを留めることができたのは、アメリカの日本研究家、Ｓ・エリセーフがマッカーサーに進言したからだ、という話がある。

彼は、多大な学問と文化の集積場所となっていたこの町が、どれほど貴重な存在かということを知っていたのだ。

学生街として書店が集まり始めたのが明治《めいじ》初期。

そこから実に一世紀を越えて、この街は書店街として在り続けてきた。雑多にして高邁《こうまい》な書籍たちの息遣いは、この先も衰《おとろ》えることはないだろう。

神保町の書店は、その大半が靖国《やすくに》通りの南側と白山《はくさん》通りに集中している。

南側に集まっているのは、店舗《てんぽ》が北を向くからだ。日光が差し込んで、本が〝日焼け〟するのを避けるためである。

メインストリートになる靖国通りには、それこそ何十軒もの書店が隣接している。果てしなく続く専門書店の看板は、愛書家たちの繁華街《はんかがい》だ。

しかし、その街並みから一歩脇道に足を踏み入れると、途端に喧噪《けんそう》は止み、人の姿も少なくなる。

すずらん通りを越えると、町は嘘《うそ》のように沈黙する。

印刷所や製紙会社など、書籍に関わる会社も見てとれるが、使用されているのかも不明な廃ビルも珍しくない。

再開発地域に指定されているこの地区を、二人の男が歩いている。

一人は短髪に刈り込んだ、二〇代半ば程の男。人民服のたっぷりとしたシルエットでも、首や手首から身体《からだ》の細さが伺《うかが》える。黄色人種《おうしょく》だが、肌の色はやや白い。

もう一人の男は、いや、男というより少年だ。一〇をようやく越えたぐらいの外観。ブロンドの髪は色が抜け、一見白髪にも近い。少年用のスーツにネクタイと、名家の子息的な身なりをしているが、足取りや視線には風格すら見てとれる。

奇妙な二人連れだった。

どのような関係なのか？　なにが目的なのか？　どこに向かっているのか？

すれ違う人々はそんな疑問を抱くだろう。

だが、人々がその後に立てる推測は、ことごとく外れていた。

この二人の正体を見抜ける者など、いるはずがないのだ。

「……この辺りのはずだけどな。目印が少ないから、わかりにくい」

少年が、口を開いた。

彼の名はファウスト。

本名ではないが、彼の数奇な人生にはそんなことなど意味を持たない。彼を本名で呼んだ人間は、皆、既に他界《たかい》しているのだから。

外観こそ少年だが、彼はもう四〇〇年以上の生を生きている。その存在を問い質《ただ》されないのは、表舞台に立たなかったせいだ。

ファウストは、今までの半生を閉ざされた室内で過ごしてきた。大英《だいえい》博物館の奥の奥に作られた、彼専用の牢獄《ろうごく》で。

ファウストを閉じこめたのは、世界でも有数の権力者だった。彼は、

「きさまは生涯《しょうがい》ここから出られない。そこで朽《く》ち果て、命が尽《つ》きた時、展示品の仲間入りをさせてやる」

と言った。そして事実、そうなるはずだった。

しかし、意外なチャンスが彼に降りかかった。ファウストにしかできない〝仕事〟が発生したのだ。

彼はその〝仕事〟を最強の盾《たて》として、知略を剣として、自由を勝ち取った。

わずか、一〇日ほど前のことだった。

東京は先進都市の中で、トップレベルに空気が汚染されている都市だが、自由という名の微《び》粒子《りゅうし》がそれを隠した。

自分の足で歩き、大きく変化を遂《と》げた建造物や文明の利器を見るのは、一〇日そこらでは飽《あ》きない驚きだった。

「……それにしても、さすがに彼女の住んでいる町だ。あれだけ本屋が並んでいるのは、初めて見たよ」

ファウストは軽い口調で話しかけるが、並んで歩く男は沈黙を守っている。

男は、名を凱歌《がいこー》という。

中国の秘密結社、〝読仙社《どくせんしゃ》〟に属するエージェントで、声の波長で紙を操り、嵐を起こす能力を持っている。

彼は、三人の仲間と共に英国に乗り込み、大英図書館から〝グーテンベルク・ペーパー〟たる紙を奪取《だっしゅ》した。

しかしその際に、白竜《はくりゅう》と連蓮《りんりー》という二人の仲間を失ったのだ。

優先されるべきは任務であり、奪った〝グーテンベルク・ペーパー〟の解読にはファウストの頭脳が不可欠《ふかけつ》である。

だから、ファウストの持ちかけてきた裏切りと亡命という提案に乗った。

それは理解できる。が、英国側に立っていた彼には好感が持てるはずもないのだ。

凱歌は「訪ねておきたい場所がある」というファウストに同行して、日本へとやって来た。逃亡させないための監視と、奪還を目指す大英図書館からの護衛も兼ねている。

つまりは四六時中共《しろくじちゅう》に行動しているわけだが、ほとんど返答することはない。

凱歌と共に生き残った仲間、王炎《おうえん》には

「逃げようとしたら、足を切り落とせ。油断するな」

と忠告された。

四人は読仙社の〝四天王《してんのう》〟と呼ばれた存在であり、幼少からの仲間だった。義兄弟といっていい。

王炎の心中に渦巻《うずま》く感情は、凱歌と同じものなのだ。

道具として利用はする。しかし、決して仲間ではない。それを肝《きも》に銘《めい》じておかないと、逆に寝首をかかれる。

この忌《い》まわしい少年の内には、老獪《ろうかい》な奸智《かんち》の怪物がいるのだから。

「……ここらしいな」

ファウストの足が止まった。

すずらん通りからさらに離れた、神保町の奥まった一角だ。

二人の目の前には、古ぼけた雑居ビルが建っている。

四階建て、築三〇年は越えていそうなシロモノだが、どこのフロアーにも看板らしきものは見えない。

窓にはことごとくブラインドが下りていて、人の気配もない。

うち捨てられたビルのようだが、ファウストは笑った。

「……構《かま》わないのは、身なりだけじゃないらしい。まったく、彼女らしい」

ファウストは、入口のガラス扉を見つめた。

そこには、マジックで『読子《よみこ》ビル』とだけ書かれた藁半紙《わらばんし》が貼ってある。何度も剝《は》がれて落ちたらしく、紙には破れ目や染《し》みが数多く見られる。

そんな紙一枚が、このビルの持ち主の性格を象徴しているようだ。

凱歌の視線が、薄暗い入口の奥をさらった。待ち伏せの類《たぐい》を警戒したのだが、人の気配が無いことはわかっている。

香港《ホンコン》の雑居ビルを見慣れている凱歌だから、実際に使われているビル――〝生きている〟ビルと、〝死んでいる〟ビルの差は容易《たやす》くわかる。

このビルは、人の存在感が希薄だ。生活臭《しゅう》のかけらもない。

だが、だからといって完全に死んでいるわけでもない。あえて言うならその中間、〝眠っている〟ビルだろうか。

「入ろうか」

無造作《むぞうさ》に、ファウストが足を踏み入れた。ガラス扉には鍵もかけられていなかった。

凱歌もその後に続いた。

まず二人を迎えいれたのは、空気中に漂《ただよ》う埃《ほこり》の匂《にお》いだった。

ガラス扉を入ってすぐの廊下《ろうか》に、段ボール箱が幾《いく》つも山積みされている。

開いた箱の中から、雑然とした本の山が突き出ている。

廊下の壁は、段ボールと、その間にそびえる本でまったくといっていいほど見えない。

そんな箱と、本が、薄暗い廊下の奥へと伸びているのだ。

「…………………」

声こそ出さなかったが、凱歌が呆《あき》れて口を開けた。

くっくっと、ファウストが口に指を当てて笑う。

確かめるまでもない。段ボール箱の中もすべて本だ。それ以外はありえない。

ファウストにしても凱歌にしても、巨軀《きょく》というわけではない。

それでも本の山を崩《くず》さずに廊下を進むのは、ある程度の慎重さを必要とした。

床に目をやると、一定の距離をもって空間が見える。そこ以外は崩れた本で大半が埋もれているのだ。猟師《りょうし》が言うところの〝けもの道〟である。

そのわずかな空間に足を置き、本の壁をすり抜けるようにして奥へ進む。

もう何年も使われていないであろうエレベーターが現れた。

それがわかるのは、ドアが開きっぱなしになって、中から本が、雪崩《なだれ》のようにあふれていたからである。電源も入っている気配はない。故障したのをそのまま、物置として使用しているらしい。

階段に向かおうとする凱歌を手で制し、ファウストは一階の奥の部屋に目をやった。

ドアが開きっぱなしだ。

二人は、絶妙なバランスで積まれた本を崩さないように、そちらに進んでいく。

入口横のネームプレートに、消えかけた文字で「読子・リードマン」と書いてある。他の部屋には見られないものだ。

「…………」

凱歌が室内を覗《のぞ》きこむ。なにがあっても対応できるように、半身ずつ。

薄暗い部屋だった。廊下より幾分かはマシだったが。

薄暗いのは、貴重な日光がブラインドで遮《さえぎ》られているせいだ。

それだけではない。本来はオフィスとして使用されるべきフロアーは、すべて本で埋めつくされていた。

その本が、黄昏《たそがれ》にそびえる摩天楼《まてんろう》のように、シルエットになっている。

ささやかな陽光の中で、埃が不規則に踊っている。

時間の流れが溜まり、澱《よど》んでいる。

凱歌は、ビルの〝眠っている〟気配の正体を知った。

ファウストが、ドア付近の本に指を置き、その表紙を撫《な》でた。

堆積《たいせき》していた埃が黒い三日月となり、白い指を汚した。

「……何年、使ってないのかな？」

容易に想像できる。このビルの部屋は、どれもこの一室と同様に違いない。

つまり、このビル自体が巨大な〝本棚《ほんだな》〟なのだ。

このビルの主、読子・リードマンの。

読子・リードマン。

大英図書館特殊工作部のエージェントにして、英国最強の紙使い。ファウストの監視役を務め、凱歌にとっては白竜を倒した敵である。

ファウストの「訪ねておきたい場所」とは、彼女の住むビルだった。読子の仕事からいえばアジト、という言い方が相応《ふさわ》しいだろうか。

その理由が凱歌にはわからない。

警戒するべき相手ではあるが、わざわざ日本に出向いてまで調査する必要はない。そもそも身辺のデータなどは、読仙社の調査部隊が既に集めている。

「……居心地《いごこち》のいい、香りがするな」

凱歌が向ける疑問の視線を無視して、ファウストが部屋の中に進んでいく。

どんな重罪犯よりも長い幽閉《ゆうへい》を体験していた彼には、この部屋の澱《よど》みが肌にあうらしい。

凱歌は、廊下《ろうか》に置かれた本棚を眺めた。

何割かは洋書も見えるが、大半は日本語の本だ。

香港生まれの凱歌は、英語なら理解できるが、日本語はほとんどわからない。

「…………なんでこんな場所に出向いたか、教えてやろうか？」

いつのまにか部屋の中央に立っていたファウストが、振り向いた。

ブラインド越しの陽光が、その姿を黒い影にする。

廊下側の凱歌からは、ファウストに浮かんでいる表情がわからない。

「読子を、裸にするためだ」

影の中で、口がにいっと裂《さ》けたような気がした。

「…………………!?」

その錯覚《さっかく》に、凱歌はわずかだが驚かされる。

ファウストの中身が、四〇〇年以上も生きている怪物だということは何度も自分に言い聞かせている。

だが、普段は誰と変わるところのない、普通の少年である。

「本をカバーで判断するな」は、「人は見かけによらない」の同義な言い回しだが、視覚のイメージは何よりも強い。

だから、このようにファウストが時折見せる内面の深淵《しんえん》は、強烈なインパクトで相手を圧倒するのだ。

凱歌は小さく唾《つば》を飲みこんだ。彼の緊張を知ってか知らずか、ファウストは言葉を続ける。

「……彼女は、必ずまた僕たちの前に現れる。言うまでもなく、今度は敵として」

穏やかな口調が、澱みの中に溶《と》けていく。粘質《ねんしつ》の液体をかきまぜるがごとく。

「君たちは強い。僕も強い。……今までに集めたデータなら、読子を仕留めることなど容易《たやす》いだろう」

凱歌は、じっとファウストを見つめている。影のままに立つ、奇妙な少年を。

「……だが、あの女はまだ、本気を出していない……」

「？」

凱歌の眉《まゆ》が動いた。その反応に、ファウストが答える。

「君の疑問はわかる。大英博物館での一件も、ピカデリー・サーカスでの取引も、別に片手間《かたてま》でできる用件じゃないからな」

ゆっくりと、顔が本棚《ほんだな》に向けられる。

「彼女はまだ、迷っているんだ。自分のしていることに」

グーテンベルク・ペーパーの取引が行われる前夜、ファウストは読子の悩みを聞いている。

しかしそれは、読仙社には話していない。

「……迷いがなくなり、覚悟が生まれれば、人は強くなる。……だが、本当の覚悟なんて、そう簡単にできるもんじゃない」

棚に並ぶ、本の背を眺めていく。

何百冊という本のタイトルが、一向に衰《おとろ》えない脳に記憶されていく。

「ここに来たのは、それを判断するためだ。読子・リードマンは、これからまだ強くなるのか？　僕らにとって脅威《きょうい》となるのかを、見極めるためだ」

「…………………」

ファウストの言葉と、行動の意味が、まだ凱歌の中で結びつかない。

「それを判断するためには、君らの集めたデータじゃ駄目《だめ》なんだ。もっと深い、彼女自身も気づかないような深層心理まで探らないと」

もう視線は凱歌に向かわない。本棚から、わずかの間も離れようとしない。

「それが、この場所なんだ。……本棚は、所有者の性格を如実《にょじつ》に現す。どんな類《たぐい》の本が好きなのか？　量は？　並べ方は？　保存方法は？　なにをいつ読み、同傾向の本を何冊買ったか？　興味がある事柄は？　なにに欲情し、好奇心を持ち、嫌悪し、狂っているのかを教えてくれる」

愛書狂にとって、本棚は画家のキャンバスに等しい。

彼らはそこに、入手した本という画材を使って、自分だけの絵を描いていく。それは嗜好《しこう》と興味と欲望を塗り込める作業である。

例えば文庫本を並べるだけでも、作家別にするか、出版社別にするか、あるいはまったく意識せず無造作《むぞうさ》に並べるか……何百通りも方式があるのだ。

「それを検証していけば、彼女の内面が見えてくる。彼女自身も気づいていない、いや、気づこうとしていない、心の深淵《しんえん》が見えてくる。僕は彼女がまとった本を一冊一冊剥《は》がし、丸裸にしてやるよ」

『殺意分水嶺』『ネオテニー』『アメリカ超常旅行』『戦中派不戦日記』『死体が走る』『魔法使いさんごようじん！』『BEEGLE』『深海のフィールドワーク』『浮傘』『とべたらほんこ』

『群青の瞳』『正しいサルの逃がしかた』…………………。

推理小説から論文集、少女マンガにエッセイ、絵本、写真集に哲学書、雑学本と、そのラインナップには一見なんの関連も、脈絡《みゃくらく》も見受けられない。

「思ったよりガードが固いな。だが、人の心理は混沌《こんとん》の中にも必ず規則性を持っている。それさえわかれば、後は簡単だ」

すぐ傍《そば》に置かれた本を、一冊手に取る。

タイトルは『やぶれかぶれ心理学』。コミカルなイラストがカバーになっている、心理テストの本だ。この状況を皮肉に表している気がして、ファウストは苦笑した。

「……読子。君は敬語口調とメガネで、本心を隠している。君が紙の使徒《しと》か、本に魂《たましい》を売った悪魔か、僕が見極めてやる」

「…………………………のか」

上機嫌のファウストに、消え入りそうな声が聞こえてきた。

凱歌だった。

「…………こ、こんなこと、しないといけないのか……？」

ファウストが初めて聞く、凱歌の肉声だった。読仙社との交渉《こうしょう》はほとんどもう一人の紙使い、王炎と交わしていたため、凱歌の言葉を聞く機会は無かったのだ。

「ほう。やっぱり話せたのか。だとしたら、この道中、ずいぶん嫌われていたんだな」

わずかに声量を上げ、凱歌が言葉を繋《つな》げる。

「……あ、あの女が来たら、さっさと殺せばいい。……どんな性格をしてようが、知ったことか……」

かすれるような声だ。注意をしていなければ聞き取れない。だが、一言一言には、重い力がこめられている。

「…………あ、あの女は、白竜と、……………連蓮の仇《かたき》だ。今度会ったら、俺が殺す……」

ファウストが、美しい眉《まゆ》を片側だけ動かした。

「半殺しにしといてくれないか？　彼女が倒したのは白竜という、龍に乗った男だけだ」

ファウストの言葉を聞いた凱歌は、顔じゅうに驚きを広げた。

「……な、なんだと……？」

挑むような笑みを浮かべて、ファウストが続ける。

「言わなかったかな？　連蓮という女は、僕が殺した。輪転機《りんてんき》に突っ込んで、真っ赤なインクにしてやったよ」

身体《からだ》から、すぅっと熱が〝落ちていった〟気がした。

白竜の戦いは一部ニュースでも報道されたため、相手が読子であることは知っていた。が、連蓮の件は大英図書館、そして特殊工作部で行われたせいで、その詳細をつかむのは王炎、凱歌には無理だった。

白竜と同じく、連蓮ほどの紙使いを倒すのは、やはり紙使いに違いないという先入観があった。ゆえに彼の怒りは、自然と読子に向けられていたのだ。

それが今、ファウストの一言で変わった。

連蓮は、身勝手で傲慢《ごうまん》で無情な女だった。幼少の頃から、凱歌など、まるで家来のように扱われたものだ。

しかしそれでも義兄弟の一人であり、生死を共にしてきた仲間だった。

凱歌の口が開いた。

深呼吸のように静かに、息が吐き出される。

「…………ほほう」

ファウストは、興味深そうな目で凱歌の動作を見ていた。

息の中に、音が混ざっていく。

それは声になり、メロディーとなって部屋に満ちていく。

無造作《むぞうさ》に置かれていた本がべらべらとめくれていく。

窓も閉じられた部屋の中に、風が吹き始める。

凱歌の口から出ているのは美しい旋律《せんりつ》だが、その表情は冷たい殺意に彩《いろど》られていた。

ぢりっ、と音をたてて、本のページが破れた。

紙片となったそれは風に舞い、ファウストへと流れていく。

「…………！」

鋭利な一片が、ファウストのスーツを撫《な》であげた。ナイフで切りつけたように繊維《せんい》が裂《さ》け、白い肌が覗《のぞ》く。

「……変わった能力だな。それが君の武器か」

しかしファウストに怯《ひる》んだ様子はない。むしろ瞳は好奇心に強く燃えさかっている。その目が気に入らない。貪欲《どんよく》な、剝《む》きだしの好奇心を向けられて、凱歌はさらに怒りのオクターブを上げる。

紙片が更に多量に舞い上がる。

不自然に、幾方向からも風が吹きつけ、ファウストを切り刻んでいく。

スーツのみならず、顔や手といった露出している部分にも、薄い血の筋が引かれる。

だが、そんな状況になっても、ファウストは怯《おび》えない。動こうともしない。

攻勢にあるのは自分だ、と言わんばかりに、凱歌を見据《みす》えている。

その小さな口が、開いた。

「僕を殺せば、グーテンベルク・ペーパーは謎《なぞ》の中に沈む。連蓮も犬死にになるぞ」

「！」

そんなささやきが、凱歌の声を止めた。

旋律《せんりつ》を失った紙片が、あるものはそのまま床に落ち、あるものは壁に突き刺さる。

ファウストの言葉は絶対の真実だった。

読仙社のエージェントたる自分の、最も弱い部分を突いていた。

そうなのである。

連蓮にしても、白竜にしても、任務のために命を張ったのだ。グーテンベルク・ペーパーを持ちかえり、四人の恩人である〝おばあちゃん〟に渡すために。

とはいえ、その紙が解読できなければ、意味は無いのである。

「…………………………」

憎しみを喉《のど》の奥に飲み込む凱歌に、ファウストが声をかける。

「その程度の覚悟じゃ、僕は殺せない」

ファウストはもう一度、本棚《ほんだな》に目をやる。

「……だが、彼女はどうかな？」

頬《ほお》の傷から首に流れた血が、白いシャツに落ちた。

ファウストの瞳には、もう好奇心の色はない。

凱歌の能力を味わい、瞬時に消化した彼からは、ほんの数十秒前の高揚《こうよう》が消えている。

どうにか冷静さを取り戻した凱歌に背を向け、ファウストは改めて部屋の中を見渡した。

「……さあ、始めるとしようか。凱歌、ヒマならワインでも買ってきてくれないか。だいじょうぶ、逃げやしないからさ。……ああ、それと新しいスーツも頼む。この格好じゃ、レイプでもされたみたいだからな」

第一章　『アジアの真ん中で』

北京《ペキン》の中心部、天安門《てんあんもん》広場からわずかに東に向かうと、王府井《ワンフーチン》大街という賑《にぎ》やかな通りが見えてくる。

ここは大型のデパートや有名ブティック、飯店やショッピングセンターの居並ぶ繁華街《はんかがい》だ。ケンタッキーフライドチキンやマクドナルド、31アイスクリームにスターバックスと、日本でも見慣れたファーストフードのチェーン店なども多い。

一九九九年の国慶節《こっけいせつ》・建国五〇周年にあわせて道路も整備され、人の行き交いはさらに増えた。店舗《てんぽ》の充実ぶりから、在中の日本人からは〝北京銀座《ぎんざ》〟とも呼ばれている。


その一角にある茶館、『清香茶《ちんしゃんちゃー》』に、とある客がやって来た。

黒髪をボブカットにまとめた、妙齢《みょうれい》の美女だった。豊かに盛り上がった胸元に、ウェイトレスまでが一瞬気を取られた。

しかし、妃嬪《ひひん》姿のウェイトレスたちはたちまちに職業意識を取り戻し、歓迎の笑みを浮かべる。

「いらっしゃいませ」

美女は艶《つや》のある笑みを返し、指を二本立てた。

「二人。茉莉花茶《ジャスミンティー》に、茶菓子は鳳梨酥《ホンリースウ》でお願い」

「はぁ……。あの、お連れの方は？」

いぶかしげなウェイトレスの顔に、美女が振り向く。

そこには、ついて来ているはずの姿が無かった。

「あら？」

美女の顔が、思いがけない事態に崩《くず》れた。目が丸くなり、意外に愛嬌《あいきょう》のある表情になる。

「ちょ、ちょっとごめんね」

入口から表の通りを見渡す。探している相手は、すぐに見つかった。

数軒隣にある書店、そのショーウィンドゥにべったりと顔をつけている女がいた。

「でー……」

コート姿に黒髪のその女は、ショーウィンドゥの中に展示された、『中国文民大艦』のセットを見て目を輝かせていた。頬《ほお》はぽうっと赤くなり、口の端からは涎《よだれ》の雫《しずく》までが垂れている。

今回の仕事の相棒――読子《よみこ》・リードマンの、〝ダウンタウンでトランペットを欲しがる黒人少年〟じみた姿を見て、美女――ナンシー・幕張《まくはり》は額《ひたい》に指を当てた。頭痛を抑えようとするかのように。

「あのー……」

「……オーダーはさっき言ったとおり。今、連れを引っ剝《ぱ》がしてくるから」

ウェイトレスにそう言い残し、ナンシーは読子のほうに向かっていく。

「ほしいなぁ……でも、全二六巻……。今買ったら、持ち運ぶの大変だし……宅配使って、中国でもあるのかな？」

ずりずりとガラスに頰《ほお》を擦《す》りつけながら、読子が悩む。

「……ああっ、でも、買ったら絶対にすぐ読みたくなっちゃうに違いないしぃ……会ったばかりのナンシーさんに、迷惑をかけるわけにはぁっ……」

「もうかかっとるわっ」

はしたなく突き出された腰を、ナンシーが遠慮《えんりょ》なく蹴《け》った。

「なにぬねっ！」

腰砕《くだ》けな響きの悲鳴をあげながら、読子が道路にすっ転ぶ。

「……あ、ナンシーさんっ……」

「ナンシーさんじゃないいっ。迷子《まいご》にならないように、ちゃんとついて来いって言ったじゃないのっ！　なにガラスに顔貼り付かせて悶《もだ》えてんのよ」

「い、いえ、悶えてたわけじゃ……」

今度は恥ずかしさで顔を赤くする読子だった。教師に叱《しか》られる生徒のように、道の上で正座をする。

〃グーテンベルク・ペーパー奪還《だっかん》〃の任務を命じられた読子は、読仙社《どくせんしゃ》の動向を探るためにジョーカーが中国へ潜入させていたナンシーと接触した。

というか、街頭の本屋で本に気を取られているうちに、物盗《ものと》りに荷物を盗まれそうになった時、助けてくれたのがナンシーだったのだ。

ファースト・コンタクトから、二人の力関係は決定してしまった。もっとも、読子はもともと人の上に立ち、高圧的な態度が取れる性格でもないのだが。

「ちょっとですね、私最近本屋に寄る機会とか減ってたもので……なんて言うんでしょうか、幻想的な光に吸い寄せられる、美しい蝶《ちょう》のごとく……」

しどろもどろに、しかし微妙に美化した言い訳をする読子を、ナンシーが冷たく見下ろして、一言で両断する。

「そういうの、〝飛んで火にいる夏の虫〟っていうのよ」

的確すぎる指摘に、読子が冷や汗をかいた。シンクロするように、ガラスの上を読子が残した涎《よだれ》がつつっと流れる。

「いや、そうとも言いますが……でも、これは本能みたいなものですから。ナンシーさんも同じ本好きならわかってもらえるでしょう?」

「わかんないわよ。私、別に本好きってわけじゃないもの」

「へっ?」

平然と言い放つナンシーに、読子は疑問符を返した。

店頭で突然始まった美人問答に、なにごとかと店員が顔を出す。道行く人も、何人かは立ち止まり始めた。

「さぁさっ。自己紹介はもっと静かな場所でしましょっ」

ナンシーはコートの裾《すそ》をつかむと、ぶわっと後ろから読子に被《かぶ》せるようにして引っ張った。腕から上を覆《おお》い隠されて、読子が戸惑う。

「なっ、ナンシーさんっ。なにするんですかっ」

「こうしとけば、本屋の店先に気をとられないでしょ。案内してあげるから、きりきりついてきなさい」

平然と言い放ち、裾を摑《つか》んだままナンシーが先行する。

なす術《すべ》のない読子は、まごつきながらそれに続くしかない。連行される犯人か、主人に引き回される犬のようだ。

「ちょっと、ナンシーさんっ！　もう少し、優しくお取り扱いくださぁいっ……」

「んー、なぁに？　聞こえない」

読子の抵抗は、コートの中からくぐもった声で発せられたが、あっさりと無視された。

道の上に、読子のカートがぽつりと、取り残されていた。

「悪かったってば。機嫌なおしなさいよ」

『清香茶』に戻り、テーブルに着いた時には、もう茉莉花茶《ジャスミンティー》が用意されていた。

無人の席で黙々と茶を入れていたウェイトレスが、絶妙のタイミングで席についた二人に微笑を残し、去っていく。

ナンシーは煎《い》れたての香りを楽しんだが、ようやく解放された読子はまだ憮然《ぶぜん》とした顔で、頬《ほお》をふくらませている。

カートを引き取りに行くようにウェイトレスに頼み、ナンシーは茶碗《ちゃわん》を勧めた。

「まあ、一杯飲んで落ち着きなさい。中国茶は美容と健康とダイエットにいいのよ」

「……私、太ってません……」

ささやかに反論しながらも、読子が茶碗に口をつける。

「あれ」

一口すすった瞬間に、表情が変わった。すぅっと清廉《せいれん》な味の中に、かぐわしい甘みが感じられる。

「美味《おい》しい……」

味覚に限らず、本以外に関する感覚は総じて人並みな読子だが、この茶の美味《うま》さは瞬時にわかった。

「でしょ？　オススメの店なんだから。ガイドブックに載ってたわ」

そう言いながら、自分も茶碗を口にするナンシーだ。

「……あら、本当に美味しいわね」

二人の反応に、厨房《ちゅうぼう》間際で待機していたウェイトレスたちが小さくガッツポーズを取る。

「で、でもお茶一杯じゃゴマかされませんよっ。そりゃ道草くった私も悪いですけど、あんな市中《しちゅう》引き回しみたいに連行することないじゃないですかっ。パートナーなんだから、愛と優しさと思いやりを……」

「鳳梨酥《ホンリースウ》も美味《おい》しそうよ、それ」

ナンシーが、皿に重ねられた茶菓子を指す。黄色の平たい菓子だ。

竹串《たけぐし》で刺したそれを、読子がしげしげと見つめる。

「卵焼きですか……？」

「まあ、パイナップルパイね」

説明しながら、ナンシーが自らも一つ、口に運ぶ。

「ん〰〰〰〰〰〰、美味しい…………」

一瞬、陶然《とうぜん》とした表情になった後、大きく息をつく。

「……………………えいっ」

ナンシーのリアクションを見て、読子も鳳梨酥を口に入れる。

先ほど茉莉花茶《ジャスミンティー》で清められた口中に、酸味《さんみ》を伴《ともな》った甘さがじわっと広がった。

「……ん〰〰〰〰〰〰」

読子も、思わず目を細めてしまう。

「……美味しいですねぇっ！」

そのリアクションに、ウェイトレスたちが今度はハイタッチを決めた。

英国もお茶の国として有名だが、中国茶にもまた異なる、芳醇《ほうじゅん》な魅力がある。なにしろ食にかけては世界一のこだわりを持つ国なのだ。

各コンビニの幕の内弁当の区別すらつかない読子が、一口でこれだけ反応してしまうことからも、その奥深さがしれよう。

「中国に来てよかったーって思うのは、たった一つ。食事よ。ほんと、これさえ無かったら、さっさと逃亡してたわ」

冗談めかして、ジョーカーが眉《まゆ》をしかめそうなことを言う。ナンシーは早くも二つめの鳳梨酥に手を伸ばしていた。

「そう、そう、そうですよっ。任務の話をしなきゃいけないんですっ」

珍しく職業意識を取り戻した読子を、ナンシーが手で制した。

テーブル脇には、路上から読子のカートを運んできたウェイトレスが立っている。

「ありがとう。ほら、あなたもお礼して」

「あ、えーと……謝謝《シエイシエイ》。さんきゅー」

ウェイトレスはにっこり笑って、カートを近くの壁に立てかけた。

「あ、月餅《げっぺい》も追加でお願いね」

ナンシーが追加注文を告げた。いつしか四つあった鳳梨酥は、無くなっていた。

「ああっ。私まだ一つしか食べてないんですけどっ」

「のろくさしてるからよっ。私たちは、食べられるうちに食べとくの。でないといざという時に困るでしょっ」

すました顔で、ナンシーが茶碗《ちゃわん》に口をつける。

「それよりあなた、中国語はマスターしてないの？」

「読むほうは、なんとか……でも、喋《しゃべ》りはまだ、ちょっと……」

二人の会話は英語だが、ナンシーがウェイトレスに話したのは、中国語だ。

読子は各国の本を読むために、尋常《じんじょう》ならざる読解能力を発揮《はっき》する。しかし〝読む〟方面はともかく、〝喋る〟方面においては、ある程度の修練が必要なのだ。当然ながら、文化レベルが上がるほど、その期間は長くなる。

「文法は英語と同じよ。さっさと覚えなさい。私はあなたのガイドじゃないんだから」

「はぁ……」

やや突き放すような口調になったナンシーに、読子が思わず肩を落とした。なんだか誤魔化《ごまか》されたような気もするが。

「……あの、ナンシーさん。それで、任務のことですが……」

「そうね」

ナンシーの視線が左右に動いた。一応、怪しい人物がいないかを確認したのだ。

二人以外の客は、奥に老婆《ろうば》が一人。距離は保っているので、会話が聞こえることはないだろう。

「まず、今までのことから教えておくけど」

ナンシーが茶碗《ちゃわん》を置き、テーブルに肘《ひじ》をつき、わずかに身を乗りだした。ボリュームのある胸が、テーブルの上に乗っかる格好になる。

「私もあなたと同じ、雇われエージェントよ。普段はオーストラリアでアンティークショップを経営してるわ。特殊工作部の仕事はまだ二回目だけど」

「アンティークショップ……優雅ですねぇ」

読子のコメントに気をよくしたか、形のいい眉《まゆ》がわずかに動く。

「ちなみに私は非常勤教師です」

「あ、そ」

返すナンシーのコメントは、たった二語で終わってしまった。

「ジョーカーに、読仙社の動向を探れって呼ばれたのが四二日前。私を含めて、四人のエージェントが入国したわ」

「四人？」

そんな話は初耳だった。ジョーカーが派遣《はけん》したのは、てっきりナンシー一人だと思っていたのだが……。

「中国の人口は一二億よ。エージェントが一個大隊で乗り込んでも足りないわ。まあそのぶん、報酬《ほうしゅう》は破格だったけど」

月餅《げっぺい》が運ばれてきた。わずかな間、口をつぐむ。

「…………で、他の三人さんはどうしてらっしゃるんですか？」

ウェイトレスが離れるのを見計らって、読子が訊《たず》ねる。

「さぁね」

「えっ？」

竹串《たけぐし》で、ナンシーが月餅《げっぺい》を切り分けた。黒い餡《あん》が露出する。

「一人一人、分かれてそれぞれに調査することにしたの。そして一〇日に一度、北京で落ち合って情報を交換する……」

「ああ、なるほど」

そのほうが効率的だろう。読子は頷《うなず》いた。

「……最初の一〇日で、四人が二人になったわ」

「えっ……？」

ナンシーの声が、やや硬くなる。

「それだけじゃない。落ち合うはずの飯店が、襲撃されたわ。どっちかが捕まって、情報を吐かされたのよ。あるいは両方、ね」

月餅を口に運ぶ。しかし先ほどのような笑みは浮かばなかった。

「一〇日後、今度は上海《シャンハイ》で待ち合わせたわ。でも、本人まるごとは来なかった。代わりに来たのは、本人の腕。氷詰めにされた、腕だけよ」

思わず息を呑《の》んでしまう。敵地への潜入は、それだけ危険を伴《ともな》う任務なのだ。

「それから三週間。私は一人でやって来た。……まあ、一人のほうが向いてるしね」

「はぁ……しかしよく、ナンシーさんだけ生き残れたものですねぇ」

その一言に、ナンシーが読子を睨《にら》む。

「なに？　私が読仙社に他のエージェントを売った、とでもいうの？」

「いっ、いえっ！　そんなわけじゃっ！」

口をぱくぱくと開けて否定する。そのわかりやすい困惑に、ナンシーが苦笑した。

「冗談よ。……私の能力は、逃げるのに向いてるの」

急須《きゅうす》から、茉莉花茶《ジャスミンティー》のおかわりを茶碗《ちゃわん》に注ぐ。馥郁《ふくいく》とした香りが、読子の鼻孔《びこう》をくすぐった。

「……確かに、さっきの体術はおみごとでしたしねぇ……」

つい先ほどの、物盗《ものと》りを取り押さえた時のナンシーを思い出す。人混みの中から飛び出し、男を組み敷く姿は、カンフー映画の一場面のようだった。

「あんなの、能力でもなんでもないわ。私の必殺ワザは、また別のものよ」

余裕《よゆう》の口振りで、茶碗を口に運ぶ。長く、美しい指は茶碗を彩《いろど》るようだ。

「じゃあ、ナンシーさんの能力って、なんなんですか？」

「……その時が来たら、見せるわ。それよりも、読仙社のことよ」

鳳梨酥《ホンリースウ》をたいらげたせいもあってか、皿の上には月餅が一つ、残ったままだ。しかし、話はいよいよ核心である。さすがに読子もそれには手を出しにくい。

「なにか、わかりましたか？」

二人の女は、声を落として微妙に顔を近づけた。

「読仙社は、特殊工作部と同じように裏の機関だけど、大英《だいえい》図書館みたいに表の顔はないみたい。つまり、バックボーンが何なのかわからないのよ。〃おばあちゃん〃と呼ばれる存在も謎《なぞ》のまま」

〃おばあちゃん〃というキーワードは、ファウストが連蓮《りんりー》と戦った際に聞いている。

英国のジェントルメンにあたる人物なのか、それともなにかの符合《ふごう》なのか、まだ確認はとれていない。

「唯一関係がありそうなのは、香港《ホンコン》に本社がある流通会社。海外からの輸入本を、中国全土に流してるみたいなんだけど。その取引場所で、国際書籍ブローカーが何人も確認されてるわ」

「私！　読仙社のエージェントに会った時！　香港で貿易を手伝ってるって聞きました！」

ヘイ・オン・ワイで、王炎《おうえん》と初めて遭遇《そうぐう》した時のことだ。今となっては真実かも確かめにくいが、あの時、王炎も読子の正体に気づいていなかったはずだ。

「……その会社、〃成龍社《せいりゅうしゃ》〃っていうんだけど。北京や上海、西安《シーアン》とかにも大きな支社を持ってるわ。ただ、なんていうのかしら。本拠地は別にあるような気がするのよねぇ」

「どうしてですか？」

「探ってみたのよ。潜入して」

あっさりと答えるナンシーである。

「一人でですか？　警備とか、厳重じゃなかったですか？」

ナンシーは、余裕《よゆう》の笑みを浮かべた。

「私が入れない場所なんて、ないわ」

細かい説明をする前に、報告を進めていく。

「確かに隠し部屋とか、偽造システムとかもあるんだけど。特殊工作部クラスの大きなものじゃないのよ。……ひょっとして、本部は都市部から離れた場所にあるのかも」

しかし、なんといっても中国は広い。白竜《はくりゅう》たちが大英図書館に行ったような奇襲は、相手の中枢《ちゅうすう》だからこそ多大な効果がある。支部を叩いても、こちらのリスクが上がるだけだ。

「グーテンベルク・ペーパーは運びこまれませんでしたかっ!?　その支社のどこかにっ」

「それについては、ちょっとした情報があるの」

得意げに、口の端を曲げるナンシーだ。

「ここ数日、北京の空気が変わったわ。表向きは元のままだけど、町を歩く人の中に、軍事訓練を受けた者が混じってるの。普通の格好してるけど、正確な歩幅と目線の配り方からわかるわ」

「中国の、兵隊さんですか?」

「かもしれないし、元軍人かもしれない」

雑踏《ざっとう》の中から、そうした変化を見つけだすナンシーの眼力も並みではない。この注意心と観察力で、彼女は生き延びてきたのだろう。

「あてのない散歩に見えるけど、彼らはコースを決めて巡回してる。見張っているのはここ、北京の中心――故宮《こきゅう》博物院よ」

故宮博物院とは、天安門の奥に位置する、中国四〇〇〇年の文化品を所蔵する建造物だ。四周を高さ一〇メートルの城壁《じょうへき》と、幅五二メートルの壕《ほり》で囲まれた城塞《じょうさい》で、内部の面積は実に七二万平方メートルに及ぶ。

王朝の栄華《えいが》と後宮《こうきゅう》の悲劇、権謀術数《けんぼうじゅっすう》が入り乱れた城は、今は博物館として一般公開されている。観光客も多数訪れる、まさに中国の中心といえるだろう。

「じゃあ、そこに……」

「グーテンベルク・ペーパーが運びこまれた可能性はあるわね」

「調べてみたんですか?・」

「簡単に言わないでよ。私一人じゃどうにもならないわ」

「だってさっきぃ、〝入れない場所はない〟って言ったじゃないですかぁ」

責めたつもりはないのだが、その言葉はナンシーを煽《あお》ったようだった。

「入れるわよ。今にでも。でもねっ。博物院の中には八六六二の部屋があるのよっ。一つ一つ調べてったら、私はここに永住しなきゃなんないわっ」

中国文化の特徴は、豪華にして絢爛《けんらん》、そして過剰《かじょう》なことである。栄華の名残《なごり》を見せる故宮は、スケールにおいてもまた、圧倒的なのだった。

「なるほどぉ……」

納得する読子を、ナンシーはどことなくいぶかしげに見つめる。言外に、「こいつが相棒で大丈夫か?・」と考えているようだ。

「……だから、この先はあなたの力が必要なのっ。ジョーカーに聞いてるわ。あなた、紙に関しては麻薬犬なみの嗅覚《きゅうかく》を持ってるんでしょ？」

「間違いではないんですが……。もうちょっと、言い方が」

稀覯本《きこうぼん》を前にすると、まさに犬のように舌を出し、尻尾《しっぽ》を振りかねない読子だが、女としてはその比喩《ひゆ》に異《い》を唱《とな》えたいらしい。

「今夜にでも、二人で潜入しましょう。博物院は午後五時に閉門されるんだけど、やっぱり深夜のほうがいいわね。午前〇時に、内部に侵入するわ」

「はい……でも、どうやって入るんですか？」

「それは自分で考えなさい」

ナンシーが残り少なくなった茶碗《ちゃわん》を取る。チームの主導権は完全に彼女だ。

「…………………。あ、じゃあ、それまで本屋さんとか、行っていいですか？」

途端に読子の顔が明るくなる。

本好きの中には、二、三日本屋に行かないだけで本当に体調を崩《くず》す者がいる。本屋に行くことが生活レベルの決まり事になっているので、それを怠《おこた》ると精神的なバランスが変化するのだ。ある種の強迫観念に近い。

「ダメ。中国語を勉強しなさい」

ナンシーがぴしゃりと拒絶する。

「うえぇ……」

顔をしかめる読子を見て、ナンシーが意地悪く笑った。

「そんな時は、〝あいやぁ〟っていうのよ」

ごつん。

その時である。ナンシーの後頭部に、黒い大きなカタマリが突きつけられた。

拳銃《けんじゅう》だった。

「動くな」

「え？　え？　ええっ？」

読子が目を丸くする。目つきの悪い男が数人、店内に入ってきている。

客ではない。明らかに暴漢と呼ばれる類《たぐい》の人間だ。ウェイトレスを威嚇《いかく》して、厨房《ちゅうぼう》の中に追い立てていく。奥の席にいた老婆《ろうば》も、早々に店を追い出される。

「あいやぁっ……」

ナンシーが、眉《まゆ》をしかめた。

「久しぶりだな、ナンシー」

三〇半ばほどの男が、二人の間の椅子《いす》に座った。どうやら彼が、リーダーらしい。面長《おもなが》の顔に愛嬌《あいきょう》のある目だが、頬《ほお》に走る傷が決して平和な人間でないことを表している。

「崔《つえ》さん。……男の人から、こんなに刺激的な挨拶《あいさつ》をされたのは初めてよ。できれば、もう少し平和的な外交が好みなんだけど」

「そうかい。俺はもっと情熱的なほうが好みだぜ」

崔と呼ばれた男は、口の端を吊《つ》り上げて笑った。赤く塗った歯が見えた。

「あの、あの、なんなんでしょうか？」

読子は二人を見比べる。二人の会話は中国語で交わされているため、読子には事態が飲み込めない。友好的な関係でないのは確かだが。

「準備をしなさい。ザ・ペーパー」

日本語で、ナンシーが言う。

「喋《しゃべ》るな！」

崔の叫びで、後ろの男が撃鉄《げきてつ》を起こす。

ナンシーの十数センチ後ろで、弾丸が発射の準備を完了する。

読子は袖口《そでぐち》から手の中に、何枚かの紙をすべり落とした。しかしナンシーの後ろにいる男を仕留めるには椅子《いす》から立ち、投げるという二つのアクションを必要とする。その間に、弾丸は発射されてしまうだろう。

「俺の取引を密告したな？　おかげで若いのが七人捕まった。黄《おう》のやつに近づいたのはそのためだったんだな？　おまえは当局の犬か？　牝犬《めすいぬ》か？」

「誤解よ。あなたたちがドラッグをどこに捌《さば》こうと、私は興味ないわ。専門部署が違うってこと。私はただの、好奇心が強い女よ」

愛想笑いをするナンシーだが、状況に反して媚《こ》びる態度はない。持ったままの茶碗《ちゃわん》からは、余裕《よゆう》すら感じられる。

「そうか。わかった」

　崔はきわめてあっさりと納得した。

「だがやっぱりおまえは殺すことにする。なぜか？　俺は胸の大きい女が嫌いだからだ」

「まあ、残念だわ。でも私も、ケツの穴が小さい男は大嫌いだから、おあいこね」

　ふてぶてしく言い放ち、ナンシーが残りの茉莉花茶《ジャスミンティー》を飲みほす。飲み終わるのを待ったのは、崔が見せた優しさかもしれない。

「撃て」

　リーダーの命令を、後ろの男が忠実に実行する。

「ナンシーさんっ！」

　読子が立ち上がった。

　一瞬早く、弾丸が発射された。弾丸はナンシーの頭を貫《つらぬ》いて、彼女の手にしていた茶碗を粉々に砕《くだ》き、テーブルに穴を開けた。

「!?」

　命令を遂行《すいこう》したにも拘《かか》わらず、男が困惑に口を開く。崔の目も丸くなっていた。読子も立ち上がって手を振り上げたまま、硬直していた。

　ナンシーは、血の一滴も流さないままに座っていたからだ。

　弾丸は、確かにナンシーを貫いた。茶碗が割れたのがその証拠だ。しかし彼女の美しい顔には、弾痕《だんこん》どころか傷一つついていない。

まるで、そこに何も無いかのように、弾丸は頭をすり抜けたのだ。いや、ナンシーがすり抜けさせたのだ。

ナンシーは、唖然《あぜん》としている崔に微笑《ほほえ》み、言った。

「ここの支払いは、そっちでお願いね」

次の瞬間、彼女は床に沈んだ。主《あるじ》を失った服が、椅子《いす》の上にぱさりと落ちる。

「!?」

崔も、崔の部下たちも、読子も同じ驚愕《きょうがく》に彩《いろど》られた。ナンシーは、水に潜ったように消え失せていた。

「なにボサっとしてるの、逃げるわよ」

背後から、読子に声がかけられた。

「へっ!?　……ナンシーさんっ!?」

果たしてそこには、ナンシーが立っている。ただし、身に着けているものは一変している。胸元と、首から上以外を覆《おお》う、黒のレザースーツだ。ボディラインを浮き彫りにするタイプで、ところどころに錨《いかり》やリングがアクセントとして光っている。

ナンシーはぐいっと読子の腕を引っ張った。

慌《あわ》てながらも、読子の腕がカートに伸びたのは流石《さすが》といえるだろう。

「こいつらが払うから！　ご馳走《ちそう》さまっ！」

ナンシーは厨房《ちゅうぼう》の中に声を投げつけ、出入口を抜けていった。来た時同様に引きずられ、読子が続く。

「…………追え！」

崔が、握った拳をテーブルに叩きつける。

弾痕《だんこん》からヒビが走り、テーブルは二つに割れた。


通りに出た途端、往来の人々からざわめきが起きた。

レザースーツのナンシーは、昼間の街頭にはあまりにもそぐわない存在だった。

しかも彼女をひきたてるように、コートのもっさりとした読子が後ろからわたわたと走っているのである。

奇妙な二人連れは、たちまち注目の的《まと》になった。

「あそこだ！」

一呼吸遅れて『清香茶』を飛び出した崔の手下が、声をあげる。普通、白昼の最中に撃ってくることはないが、頭に血が昇った連中はなにをしでかすかわからない。

「ナンシーさんっ！　今の、今のっ⁉」

器用にカートを引っ張りながら、読子がナンシーに併走《へいそう》する。

「そう！　あれが私の能力よ！　物質をすり抜けさせたり、逆に物質に深く潜ったり！　コードネームは〝ミス・ディープ〟！」

物質透過能力なら、潜入工作はお手の物だろう。彼女が生き残った理由もわかる。

「あの人たちっ、読仙社なんですかっ⁉」

「まさか！　ドラッグを取り扱ってるただのチンピラよっ！　黒社会《くろしゃかい》のことが知りたかったんで、ちょっと接触しただけ！」

振り向くと、崔の部下たちが追ってきている。観光客の団体を押しのけながらの追跡なのでスピードは遅いが、あきらめる気は毛頭ないようだ。

「情報は裏から集めるほうが早いのよっ！」

「それであの、つまり密告はしたんですかっ⁉」

いつのまに持ち出していたのか、ナンシーは月餅《げっぺい》を口に運んだ。最後に一つ、残っていたやつだ。

「……まあ、平和を愛する観光客の義務ってやつは、果たしたけど？」

悪びれなく笑う。その笑みが月餅の甘さによるものか、崔たちへの感情によるものかは、わからない。

「ナンシーさんって、悪い人だけど、いい人ですねっ！」

走りながら読子も笑う。

「なにそれ。私は正義と平和とお金と美味《おい》しいものの味方よっ」

二人は王府井《ワンフーチン》大街を、東長安街に向かって走っている。来た道を引き返すルートだ。東安門《とうあんもん》大街の通りを越えると歩行者天国になるので、自然、二人に向けられる目も多くなる。

「やっぱりこの格好は目立つわね……」

「ぜはっ、はぁっ……こ、コート、お貸ししましょうかっ」

汗一つかかず走るナンシーと、息が切れ始めた読子。日頃の運動量の差が如実《にょじつ》に現れている。

「そんな野暮《やぼ》ったいの、イヤ。自分で調達するわ」

読子の厚意を無下《むげ》に却下し、ナンシーは居並ぶ店舗《てんぽ》に目をやった。何軒か先のブティックに、目標を定める。

「見てなさい。ウィンドゥショッピングはこうするの」

言うが早いか、ナンシーの足はブティックのウィンドーに向かう。

「へぁっ、ぜはっ、ええっ？」

もたつく読子の前で、ナンシーがウィンドゥに〝飛び込んだ〟。もちろんガラスを割ったわけではない。それがまるで水でできているかのように、すり抜けたのだ。

「うわっ！」

二度目とはいえ、改めて見るとやはり驚いてしまう。自分の能力も、他人が見るとそうなのだろうか。

ナンシーは、ディスプレイされたコートを素早く引き剝《は》がして身にまとい、ウィンドゥから飛び出して、また走り始める。ディスプレイの中では、代金として置いてきた紙幣《しへい》がひらひらと舞った。

何人かの目撃者が目を擦《こす》り、自分が見たものが白昼夢《はくちゅうむ》ではないかと疑った。しかし真偽を確かめる前に、当の本人はずっと先に去っていく。

ナンシーが着たのは、やはり黒革のロングコートである。読子と並ぶと、白と黒のコントラストになる。意識したわけではないだろうが。

「でもでも、はぁっ、はぁっ、あのお店の人たちは気の毒ですがっ！」

読子は、『清香茶』のウェイトレスたちを思い出しながら言った。

面目《めんぼく》を潰《つぶ》されたあの雀たちが、素直に料金を払うとは思えない。

「心配ないわよっ！　残した服の中に、お金は入ってるからっ」

そう答えながらも、背後を見る。

雀の部下たちがしつこく追ってきている。自分はともかく、読子がもう限界に近い。カートを引きずりながらの逃走なので無理もない。

戦えば手こずる相手ではないが、警察が来るような事態は避けたい。

ナンシーは人混みであろうが関係ない。邪魔《じゃま》になる相手は〝すり抜け〟られる。直線を走っているのと変わらない。しかし、読子はあたふたとぶつかりながら逃げなければならない。まもなく追いつかれることだろう。

「〝ザ・ペーパー〟！　私の合図で、追っ手を攪乱《かくらん》しなさい！」

「はっ、はぃぃっ！」

二人はもう、東長安街のすぐ手前、東方広場にさしかかろうとしていた。

地下鉄の駅があるため、人通りは更に多くなる。

読子とナンシーは、『鬼脚七《ききゃくしち》』と書かれたノボリが立っている人だかりに飛びこんだ。

「今よっ！」

「はいっ！」

ナンシーの声に、読子が振り向く。追っ手はもう、数メートル後ろまで迫っていた。

この距離なら外さないと思ったか、マラソンを強制された恨みか、懐《ふところ》に手を突っ込んでいる。銃で手早く倒そうと考えているのだろう。

読子はカートの留め金を外し、中から一つ、紙を取り出した。

キャラメルの包みのような、掌《てのひら》に乗る小さな立方体である。

「⁉」

銃を構《かま》える男たち、その手前の地面に投げつける。

ぼん、という音と白煙をたてて、立方体が破裂《はれつ》する。

「なんだっ⁉」

立方体は、実は何千枚と重ねられた極薄《ごくうす》の紙片だった。紙片は地面にぶつかった衝撃《しょうげき》でばらばらになり、宙に舞った。

一枚一枚の裏には、大気に触れると強力な粘着《ねんちゃく》性を持つ薬品が塗られている。

紙片は追ってきた三人の男の顔、手、服、いたるところに貼り付いた。

「なんだ、これぁっ⁉」

「く、ロん中に……べっ！」

紙片を剝《は》がそうとした男たちが、

「…………！　ああっ！」

たちまち顔をかき毟《むし》る。貼り付いた部分から、猛烈な痒《かゆ》さが発生したのだ。

特殊工作部内開発部主任、ジギー・スターダストが作った戦闘用紙『スカラベ』である。紙片裏の薬品は体温を察知すると、刺激物へと化学反応を起こす。微量のため、十数秒で効果は無くなるが、その間、貼られた相手は猛烈な痒みに襲われる。

「ひぃっ！」

「痒いっ！　なんだこれはっ！」

銃を取り落とし、顔や腕をばりばりとかき毟る男たちを見て、読子も驚いた。

今回、ジギーは読子も使ったことのない戦闘用紙を用意した、と言っていたが、その破壊力を目《ま》の当たりにすると頼もしいやら、困惑するやら……。

「乗りなさいっ！」

後ろからナンシーの声がした。

振り向くと、猛烈な勢いで輪《りん》タクが迫っている。

輪タクとは、人力のタクシーである。自転車の後部に二輪の座席をつけたもので、アジアの観光地や繁華街に多く見られる。

『鬼脚七』は、その名のとおり〝鬼のような脚を持つ〟ことを売りにした一派だ。ナンシーが雇った男も、丸太のようなふくらはぎをペダルにかけて、不敵な笑みを浮かべていた。

「えろばっ！」

何語ともとれない声をあげて、読子が座席に転がりこむ。

「出して！」

ピストンのように激しく、運転手が脚を踏み込んだ。途端にバイク並みの加速で、輪タクが走り出す。

「なかなか」

「……ちょっとすみません」

なにか言いかけたナンシーの頭を、読子がぐいっと沈める。

次の瞬間、ナンシーの頭があった空間でびしっ、と音がした。紙を剝ぎとった追っ手の一人が、輪タクめがけて発砲したのだ。

「…………………………」

読子がかざした紙に、銃弾がめりこんでいた。初めて見る紙使いの妙技《みょうぎ》に、今度はナンシーが目を丸くする。

輪タクは東長安街の角を曲がり、追っ手たちの姿を視界から消した。とりあえずの危機は、去ったらしい。

ナンシーは、改めて読子の手にしている紙を見つめた。

「……これ、本当に紙？」

「ええ、まあ……」

白い紙の中心に、黒い弾頭がめりこんでいる。それでいて、周囲はもうぺらぺらと柔らかく変質していた。

知らない人が見れば、手品や奇術の小道具と思うに違いない。

「……なかなか、やるじゃない」

「どういたしまして……」

尋常《じんじょう》でなく加速していく輪《りん》タクの上で、二人は笑った。

運転手の脚力も驚異の域に達している。なにしろ、女二人を乗せておきながらオートバイをも抜き去るのだから。

ナンシーは、ツール・ド・フランスの出場者もおそれをなしそうな運転手の背中に、声を飛ばした。

「運転手さん、とにかく西に向かってちょうだい。それと、くれぐれも、スピード違反で捕まらないでよ」


連蓮の襲撃から一〇日後、大英図書館は業務を再開した。

全部ではなく、半分程度である。比較的被害の少なかった区画を、通常どおり利用者に解放したのだ。

それでも、来館人数はいつもの三割程度である。

テムズ河の怪龍事件、ピカデリー・サーカス消失事件と、超常事件の続くロンドンでは、政府の警告もあって、人々は外出を控えるようになっている。

首相の公式発表も、「現在、全力をあげて調査中です」と素《そ》っ気《け》ないものに変わってしまった。情報が一切《いっさい》公表されないということは、よほど事態が深刻化しているか、本当になにもわかっていないかの、どちらかだ。

マスコミは真実と一面の見出しを求めて、心当たりをうろついている。英国警察、首相官邸、軍や病院にあたる者もいる。

しかし、事件の有力な手がかりは一向に見えてこない。

無理もない。事件の全貌《ぜんぼう》をつかんでいる人間は、きわめて少ないのだ。

しかもその人間たちは、目下《もっか》進行中の任務にかかりっきりで、マイクやカメラの前に立つ時間などないのである。

さて。

周辺の状況が慌《あわ》ただしく動く中、一人、大英図書館の片隅に陣取《じんど》っている少女がいた。

日本人の少女小説家、菫川《すみれがわ》ねねねである。

彼女は読子・リードマンの知り合いで、彼女を追って英国まで来た折に、事件に巻きこまれた。

以来、事情を知る一般人として、特殊工作部の監視下にあるのだ。

監視下といえば響きは重いが、その実は見習いスタッフの少女、ウェンディ・イアハートにお守りをされているようなものだ。

早急に日本に送還《そうかん》してもいいのだが、特殊工作部を取り仕切るジョーカーは、彼女を一応の〝保険〟として留めた。

ファウストに続き、読子までもが読仙社に寝返るのを阻止《そし》するための人質である。もちろん、そんな思惑《おもわく》は誰にも口外していないが。

ねねねにしても、中途半端《はんぱ》なままで帰国するよりは、読子が任務を終えて戻ってくるのを待ったほうがいい。

年齢《ねんれい》が近いせいか、ウェンディとも話があうし。

問題は、持てあます時間をどう使うかである。

ウェンディは、特殊工作部の仕事も並行して行わなければならない。その間、ねねねは圧倒的にヒマになる。

せっかくのロンドンなので、外出して観光という選択肢《し》もあるのだが、ジョーカーがそれは許可しなかった。

「テロの残党がいると危険ですから」

なのだそうだ。

そんなわけでねねねは、大英図書館の一角を借りて読書と思索と次回作の構想にふけることにした。

大英図書館なら、特殊工作部とも近い。地下直通通路を使えば数分だし、監視も楽だ。ジョーカーもその提案を快諾《かいだく》した。他の任務で多忙なため、ねねねの関連事項は〝居場所さえわかればどうでもいい〟というのが本心でもあったが。

ねねねはひとまず、英語の辞書とヒアリングのディスクを借りてきて、簡単な英会話の習得を試みた。

片言ながら日本語を話すウェンディに刺激されたせいもある。一連の事件で、国際的な視野に興味を持ったせいもある。

学校に通っている時は、英語に興味なんか持たなかった。

日本の学校で習う英語が実際にはほとんど役立たない、とも聞いていたし、「あたしは日本から出ないからいいっ」という心境もあった。

それが、読子に出会い、休学して彼女を追いかけまわし、あげくに英国まで出向いて、あの大英図書館で自主勉強に励むとは。

人生とは、わからないものだ。

ヘッドフォンでクイーンズ・イングリッシュを聞き、日本人向けの書店から取り寄せたテキストに目を落とす。

周囲には、ほとんど人の姿がない。

スタッフが遥《はる》か遠くのブースに見え隠れする程度だ。

ここを訪れてすぐ、ねねねは連蓮の襲撃に出くわした。

自分を読子のもとに案内しようとしたスタッフのお姉さんは、彼女の凶刃《きょうじん》に倒れた。自分だって、わずかな差であの女に殺されていたかもしれない。

そう考えると、今さらながら背中が寒くなる。

……あれが、読子のいる世界なのだ。

普段はほんわかと笑い、ぐしぐしと泣き、ねねねの理不尽《りふじん》な暴力に身を縮こまらせる読子だが、その実体は、この大英図書館も一目置くエージェントである。

そのギャップが、今でもねねねの中では埋め難い。

そう、自分はまだ、読子のことを全然知らないのだ。

「………………………」

どんなふうに生きてきて、どんなふうに恋をして、どんなふうに今の彼女になったのか。

その片鱗《へんりん》にしか、まだ触れていないのだ。

……知りたいと思う。

そして、知る術《すべ》をねねねは手に入れてしまった。

ディパックを開き、古びた日記帳を取り出す。

その表紙には、流麗《りゅうれい》な筆致《ひっち》で『ドニー・ナカジマ』と書かれている。

これは、読子の恋人だったドニー・ナカジマの日記である。

先日、読子に教えられた彼のアパートで見つけたのだ。見つけた瞬間、一瞬硬直した。同行していたウェンディが「どうしたんですか?」と聞いてきた。思わず、

「なっ、なんでもないっ。ちょっと本崩《くず》しちゃって」と誤魔化《ごまか》し、こっそりと持ち出してきた。

ヘッドフォンを外し、テキストを隠すように日記帳を置く。

裏表紙から回された革ベルトが表紙に固定され、他人が開けないようになっているが、革はもうずいぶんとくたびれて、ペーパーナイフでも容易《たやす》く切れそうだ。

なぜ、自分はこれを持ち出してしまったのだろう。

これは盗みだ。友人の恋を盗み見るかもしれない、薄汚い行為だ。

しかしそれでも、ねねねは自分を抑えられなかった。

ウェンディには話してない。聞けば当然、反対することだろう。

反対してほしかった自分もいる。

ウェンディに注意されれば、あきらめることもできる。

この中になにが書かれているのか？　おそらくは、読子と彼の過去に関することに違いない。知っていいことなのか？　知らないほうがいいことなのか？

それを知れば、自分の読子に対する感情は変わるのか？

そしてそのことが、読子を傷つけるのではないか？

そもそも、二人のプライベートを知ることは、彼らを冒瀆《ぼうとく》することにならないか？

自分はなぜそれを知りたがるのか？　作家の好奇心なのか？　嫌悪するべきゴシップ根性なのか？　読子に関わりたい心理からか？

様々な逡巡《しゅんじゅん》が浮かんでは、消えていく。

「ぶぅー…………………」

ねねねは日記をデイパックに戻し、テキストの上に突っ伏した。

やはり、最後の決断ができない。ウェンディの目を盗んで、悩んでは戻し、悩んでは戻しの繰り返しだ。

戻しに行こうか。

なにもかも知らなかったことにして、読子のことは、読子が話してくれるまで待つか。

おそらくは、それが一番正しい選択なのだ。

なのに、そこにも踏み込めない自分。

「あー……まだまだあたしも未熟者だぁ……」

決断と行動力には自信があったのだが、これほど汚れた好奇心と優柔不断も等しく自分の中に同居していたとは、意外だった。

「お昼寝ですか?」

顔をあげると、そこにはウェンディが立っていた。

「うわっ。い、いつ来たのよウェンディ」

「つい今です。お昼休みになったもので」

ウェンディの笑顔はいつもと変わらない。どうやら、日記は見られていないようだ。

「来るんなら、ウェンディ警報を発令しながら来てよ。ウェンディが来るぞー、ウェンディが来るぞーって」

「なんで警報なんですか」

ウェンディは、小ぶりのバスケットをデスクの上に置いて言った。

「お昼寝の前に、お昼にしませんか？」

警察の検証も終わったので、大英博物館前の広場も普段通りに開放されている。

何カ所か、白竜のペーパードラゴンが残した傷痕《きずあと》があるが、その箇所《かしょ》はロープで囲まれて、子供や野次馬《やじうま》がケガをしないように配慮《はいりょ》されていた。

人影は少ないが、鳩《はと》の数は事件前と変わらない。

ウェンディとねねねは、備え付けのベンチに腰を下ろし、サンドイッチとポットの紅茶で昼食を取っている。

「こっちがベーコンとレタスで、こっちがツナです。赤いのはトマトです。あとウサギがちょっと」

「ウサギ!?　ってあのウサギ!?」

なにげないウェンディの説明に、ねねねが思わず大声を出す。

「日本じゃ、食べないんですか？」

「いや、食べないってわけじゃないけど……でも、サンドイッチの具になるほどポピュラーでもないっていうか……」

野兎《のうさぎ》の鍋《なべ》料理などは、名物料理のメニューなどで聞いたことがある。東京でも外国料理のレストランに行けば出てくるだろう。

しかし、コンビニ弁当と宅配ピザ、ジャンクフードに食生活の大半を頼るねねねにとっては、やはり珍しいものなのだった。

つまんでしげしげと見つめ、意を決して口に頬張《ほおば》る。

「…………………どうですか？」

本人よりも緊張したウェンディが、おそるおそる聞いてきた。

「………柔らかい。チキンに似てる。…………ケッコー、いける」

もぎゅもぎゅと噛《か》んで、ウェンディから紅茶の入ったカップを受け取る。

「よかった。ねねねさん、日本人だから。納豆《なっとう》サンドにしようかとも思ったんですけど」

「……それはやめとけ。使用法を間違ってる」

パンを見てとったか、鳩《はと》が何羽か、二人の足下に寄ってきた。ウェンディは、それ用に用意していたのか具を挟んでいないパンを細かくちぎり、ばらまく。

「はー……。あたしが男だったらなー。さっさとアンタみたいなコ、とっ捕まえてモノにしてるのに」

繊細《せんさい》な少女の心を描写する作家とは思えないほど、ねねねの言葉は即物的だ。

「……気色《きしょく》の悪いこと、言わないでください。だいたい、ねねねさんが男だったら、読子さんとくっついてますよ」

半眼《はんがん》でねねねを睨《にら》むウェンディだ。

「それだって十分に気色悪いやい。……あーあ、なんで地球の裏っかわまで、よりによって女なんて、追っかけて来てんだろ」

「それは私のほうが聞きたいです」

　ウェンディが、自分もツナサンドをぱくつく。前にも一度訊《たず》ねたが、ねねねと読子の関係はまだまだ謎《なぞ》だ。

「ねねねさん、ボーイフレンドとかはいないんですか？」

「はっ？　あたしにぃ？　まっさかぁ！」

　ねねねは顔の前で、否定の意味をこめてぶんぶんと手を振った。

「そりゃ、この美少女女子高生作家っぷりだからぁ、つきあってくれって言われたことはあるけど。どいつもこいつもこわっぱばっかで、なにより執筆でそんなヒマなかったわ」

「は……ぁ……」

　日本語独自の言い回しに、大意を追うのが精一杯のウェンディだ。

「つまりは、おつきあいの経験とか、ないんですね？」

　省略化された真実に、思わずねねねが眉《まゆ》を動かした。

「ハッキリゆってくれるじゃない。さすが外国人」

　言葉は尖《とが》るが、ウェンディとの間に生まれる雰囲気《ふんいき》は決して不快なものではない。在学していた頃の、河原崎《かわらざき》のりと三島晴美《みしまはるみ》とのニュアンスに近い。ウェンディのほうが二歳も年上で、人種も国籍も異なるのに、意外なものだ。

　ともすれば、異国の地で一人という状況から孤独に流されてしまいそうな心を、ウェンディが救ってくれている。

それは自分でもわかっているのだが、決して口にしない。恥ずかしいからだ。

「そぉゆぅアンタはどうなのよ? オトコとつきあったことあんの?」

「ないです。女子校でしたから」

「女子校だからこそ、人の目を盗んでロマンチックな逢《あ》い引《び》き、ちゅうケースもあるんじゃないの?」

「他はケッコーやってたみたいですけど。私、勉強で忙しかったですから。早く、社会に出たかったし」

そういえば、他のスタッフに比べてもウェンディはずいぶんと若い。

「私、こういう肌の色だから、よくいじめられてたんです。だから早く、一人前と認めてほしかったんですよ。だから一生懸命《けんめい》勉強してたら、飛び級で大英図書館に採用されちゃいました。おかげで、協調性とかにはちょっと欠けてる、って評されたんですけど」

さらりとした口調で言う。英国は今も昔も階級社会である。貧富《ひんぷ》の差、人種の違い、思想の対立などからくる悪意は根強く、一部でそれは脈々と生きているのだ。

「だから今でも、ジョーカーさんや読子さんとかに迷惑ばっかりかけてますけど。見習いから正式スタッフになるまで、がんばるんです。男の人は、その後でじっくりと……」

言葉を言い終える前に、ねねねがウェンディの首にしがみつく。

「!? ねねねさんっ!?」

「エラいっ！　グッときた！」

「はぁっ？」

「どぢっ娘路《コ》線の天然ボケかと思ったら、ちゃんと人生引きずってるじゃないっ！　あんたのスキルじゃ一人前になるまでは、果てしなく遠い道のりだけど！」

ねねねの賞賛（？）を受け、ウェンディの額《ひたい》を汗が流れる。

「そんなに遠いですか？　私のサクセスロード……？」

「気にすんなっ！　千里の道も初めの一歩よ！　何十年かかっても、ゴールにたどりつけばいいじゃないかっ！　心配すんな、その時婚期を逃した年増《としま》になってても、私がお嫁《よめ》さんにもらってあげようっ！」

額の汗が、倍の量で流れた。

「遠慮《えんりょ》しますっ！　私はラクダに乗った王子様が迎えに来てくれる予定ですので！」

「そんな王子様、イギリスまで来るわけないじゃん。月の砂漠《さばく》で迷子《まいご》になってるのがオチよ。それより私の可愛《かわい》い奥さんになって、炊事《すいじ》と洗濯《せんたく》とお掃除《そうじ》に埋没《まいぼつ》して！」

「それってつまり、メイドさんじゃないですかっ！」

本心をさらけ出したねねねを、どうにかウェンディが引き離そうとする。

その時だった。

ベンチの前から、拍手の音が聞こえてきた。

「いやぁ、美しい友情だ」

二人の視線が、音の主——くたびれたスーツの男に向けられる。

男は視線を受け止め、手を止めて真顔になった。

「…………愛情じゃないよな？」

「違いますっ！」

答えたのはウェンディだ。ねねねもようやく、からめていた手をほどく。

「失敬失敬。俺の名はジョエル・グリーン。『ネイバーズ』の記者だよ」

ウェンディに向かって、名刺を突き出す。ウェンディも、反射的に受け取る。

「……新聞記者さんですか？」

ウェンディの表情が、微妙に硬くなった。

「ああ。……あんた、その制服は大英図書館のスタッフだろう？」

「はい、まあ」

会話は英語で行われている。ねねねは横から聞いているだけだ。しかしそれでも、突然現れたこの男に、ウェンディが警戒心を持っているのはわかった。

「ちょうどいい。実は、あのペーパードラゴンに関する情報を探してるんだけど、なかなかつかめなくってね。確かあの時、大英図書館でも殺人事件が起きてるよな。お嬢《じょう》ちゃん、なにか知らないか？　どっちの事件でもいいんだけど」

「公式見解と情報、調査報告は全部政府の指示で広報部が行うことになってます。そちらにお訊《たず》ねください」

ウェンディが、事務的な口調で答える。

「いやぁ、それじゃ埒《らち》があかないんだよな。発表ももう三日、なにもないし。だからこうして、現場に出向いてみたんだけどな。どうだい？　報道の自由ってヤツにちょいと協力してくれないか？」

にやけた顔が、どこか二人を小馬鹿にしているように見える。少し脅《おど》すか、なだめるか、持ち上げるかすれば、なにか話すだろうと見定めているように思える。

ねねねは、きわめて悪い印象をこの男に感じた。

「ですから、私はなにも知らないんです。知ってても、教えられません。大英博物館の広報部に申し込んでください」

手早くバスケットを片づけようとする。この場を去ろうという態度を見て、ねねねもそれを手伝った。

しかしその手を、グリーンが摑《つか》んだ。

「なにするんですかっ」

抗議するウェンディに、グリーンは親指を立てる。その親指は、大英博物館の屋上に向けられた。

「……ペーパードラゴンとの戦闘の際に、あそこからなんか白い影が飛んでるんだよなぁ」

「！」

グリーンが指摘したのは、読子の紙飛行機のことだ。その正体まではバレていないらしいが、報道関係者で気づいたのは彼が初めてだった。

あの時、現場にいた者には厳しい箝口令《かんこうれい》がしかれている。

幸い避難命令が出ていたことと、夕刻間際だったせいで一般の目撃者はいない。テレビやネットで何点か画像が流出したが、紙飛行機のスピードとサイズのおかげで、不鮮明な影に終わっている。

「ありゃなんだ？　秘密兵器か？　だとしたら、どこのだ？　軍か？　警察じゃないよな？　大英博物館や大英図書館が襲われたことに、どんな関係があるんだ？」

当初、特殊工作部の存在は公表されるはずだった。しかし立て続けに起きた女王誘拐《ゆうかい》事件のゴタゴタで、そのタイミングを逃してしまった。

今、特殊工作部の存在と、グーテンベルク・ペーパーの一件を発表したら、英国はさらなる混乱に陥《おちい》る。外交にも影響が出るだろう。

「私、知りませんっ。離してくださいっ」

グリーンの手に、力がこもる。ウェンディが、痛みに眉《まゆ》を歪《ゆが》めた。

「教えてくれよ。俺たちの国で、なにが起きようとしてるんだ？　俺たちは、それを知る権利があるだろう？」

グリーンが、もう一レベル力をこめようとした時。

「ねねね、パーンチぃっ！」

彼の顔面を、小さな拳《こぶし》が襲った。

「ひぐっ！」

小さいが、じゅうぶんに勢いが乗った拳だった。それを彼にぶつけたのは、隣に座っていた東洋人の少女――つまりは菫川ねねねだった。

思わぬ衝撃《しょうげき》に、グリーンがつい手を離す。

「なにゆってんだかわかんないけどっ！」

これは真実である。ついでに言えばこのセリフも日本語で喋《しゃべ》っているため、グリーンには通じていない。

「判断するに、あんたは悪もん！　女の子キリキリいたぶるヤツに、生きる資格も権利も義務もナシ！」

殴《なぐ》った手もヒリヒリと痛むのか、目尻に涙が浮かんでいる。それでもねねねは、相手に通じない啖呵《たんか》を言い切った。

「なんだ、おまえ……」

グリーンが体勢を立て直す。さすがの体格差に、ねねねがうっ、と怯《ひる》む。

「ふ、ふふふん。こう見えてもテロに狙われ、ストーカーにさらわれ、それでも一歩も退《ひ》かなかった無敵作家ねねねちゃんよ！　あんたみたいなスタンダードバカに、負けるもんですか！」

ぐい、とウェンディを庇《かば》うように立ちふさがる。

「この……」

グリーンがねねねの服をつかもうとした時だった。

「ほらほらほらほらっ！　ボラボラボラボラ、ボラーレ・ビーア！（訳・飛んで行きな）」

ウェンディが、パンくずをグリーンに投げつけた。

たちまち鳩《はと》の群れが、彼に殺到する。

「うわっ！」

不意をつかれた襲撃《しゅうげき》に、思わずグリーンがすっ転んだ。

その上に乗り、髪を引っ張り、くちばしで身体《からだ》をつつく鳩たちだ。

「やめっ……！　ちくしょうっ！」

騒ぎを聞きつけて、大英博物館の警備員が入口から姿を現した。

「あーっ！　こっちでーす！」

「怪しいヤツがいまーす！　逮捕《たいほ》してくださーい！」

絶妙のハーモニーで、ウェンディとねねねがぶんぶんと手を振る。

「！　……また来るぞ！」

どうにか立ち上がったグリーンは、這々《ほうほう》の体《てい》で逃げ出した。警備員が笛を吹きながら、その後を追っていく。

「……………………」

「……………………」

二人は顔を見合わせて、ベンチにどっかりと腰を下ろした。

今さらながらにぶるぶる震えて、ウェンディが口を開いた。

「ねっ、ねねねさんっ！」

「はいっ？」

あまりの大声に圧倒され、つい敬語で答えてしまった。

「助けてくれて、ありがとうございますっ！」

「い、いえ。どういたしまして……」

つい、ぺこりと頭など下げてしまう。

「私、今までねねねさんのコトを乱暴でワガママで自分勝手で傲慢《ごうまん》ないじめっ子で読子さんったらこんな人のどこがいいんだろとか思ってましたが……」

「……そんなに思ってたんかい、あんた」

ねねねの低温なツッコミを無視し、ウェンディがぐぐっと拳《こぶし》を握る。

「さっきのねねねさんっ、マーベラスです！　すっごくカッコよかったです！　ちょっと、好きになりそうでしたぁっ！」

キラキラと瞳を輝かせ、ねねねの顔を見つめてくる。

「…………………………」

その純粋な視線が妙に照れくさく、気恥ずかしくなり、ねねねはつい視線を逸《そ》らしてしまった。

「……フッ。よせよ。あたしに惚《ほ》れるとケガするぜ」

二人の足下では、平和と正義の象徴である鳩《はと》の群れが、残ったパンくずをついていた。くるっくー、と鳴きながら。


女同士の奇妙な友情が深まっていた頃。

男同士で交わされていたのは、皮肉のスパイスをかけた応酬《おうしゅう》だった。

「マニラ？　フィリピンか？」

「他に思い浮かぶマニラがありますか？　そしてそのマニラは、原潜《げんせん》をちょっと停留させとくだけの〝駐車場〟を完備しているのですか？」

大英博物館の地下、大英図書館特殊工作部で顔を突きつけあわせているのは、本部責任者のジョーカーと傭兵《ようへい》のアメリカ人、ドレイクである。

連蓮の襲撃により、一時はその機能を失った特殊工作部だったが、今は事件前の七割まで稼《か》働率《どうりつ》が持ち直している。人員以外の面では、ほぼ問題は見られなくなった。

ブースの中には空席も目立つが、残っている者に、いつまでも落ち込んでいる余裕《よゆう》は無い。まさに特殊工作部ならびに英国は、存亡の瀬戸際《せとぎわ》に立っているのだから。

その重責は、今のところジョーカーの肩にかかっている。

女王誘拐《ゆうかい》事件に伴うファウストの逃亡、グーテンベルク・ペーパーを読仙社に奪われたことは、致命的な失点になるはずだった。ジョーカーも一度は失脚《しっきゃく》を覚悟した。

だが、読子・リードマンによる現地襲撃、報復、グーテンベルク・ペーパー奪回《だっかい》作戦はどう

にかジェントルメンの興味をつなぐことに成功した。ジェントルメンにしてみれば、「他に有効な手段が無い」というのが正直なところだろうが。

軍を動かせば全面戦争になりかねない。それはそれで望むところだが、ジェントルメン以外の首相、閣僚《かくりょう》、王室関係者に軍部の者も反対してきた。

ロンドン襲撃事件の背後には「東洋系の組織が関与《かんよ》している」ことを仄《ほの》めかしておいたが、それが中国である証拠はない。

国際世論《よろん》が英国を正義と見るかどうかは、正直五分五分《ごぶごぶ》である。

英中間の戦争は、確実に世界に飛び火する。それがいかなる混乱を呼ぶかは、誰にもわからないのだ。

それは、外観と同じように、ジェントルメンの権勢が〝緩《ゆる》やかだが、しかし確実に弱まって〟いることとの証明だった。

「だからこそ、グーテンベルク・ペーパーを奪回《だっかい》せねばならん」

もはや、それだけがジェントルメンを支えている。

その一点が、ジョーカーの握るカードである。今になってみれば、ではあるが六週間前にエージェントを中国に〝潜らせて〟おいたのは幸いだった。

「とはいえ、舞台は敵地、敵は侮《あなど》れないエージェントとなれば、支援はどれだけやっても安心できません」

嘆息が漏れる。実際、できることなら読子の背に核弾頭《かくだんとう》でもくくりつけて送り出したいところなのだ。

だが、中国に白人のエージェントや支援部隊を送り込めば、「私は特殊工作部の潜入工作員でございます」とプラカードを持たせているようなものだ。

やむなくジョーカーは、ある程度の距離を確保しつつ、読子の要請があればいつでも上陸できるような準備をすすめた。

それが八分《はちぶ》がた整ったところで、彼は待機中のドレイクを部屋に呼び出し、こう言ってのけたのである。

「すみませんが、マニラに出向いてくれませんか？」

そして会話は、冒頭のものに戻る。

「ニューヨークに行った時、場末のバーでそんな名前のがあったな。店の前の道は、原潜泊《げんせん》めるにゃちょいと狭そうだったが」

ドレイクの返答で、ジョーカーは自分の言葉にかかっていたスパイスが、多めの分量であったことにようやく気づいた。

「失礼。……疲れているもので。ジョークのレシピを読み違えました」

ジョーカーは眉間《みけん》の皺《しわ》を指でほぐしながら、細い息を吹いた。

「疲れている時ぐらい、事務的に喋《しゃべ》ればどうだ」

「ジョークなくしてなんの人生ですか」

無骨《ぶこつ》発真面目《まじめ》経由不器用行きの人生を歩んでいるドレイクには、ジョーカーのこんな部分が理解し難い。

自分の人生や、英国の運命がかかっている時に、なぜ冗談を挟《はさ》み込む必要があるのだ。

「人生や運命なんて、冗談でもなければ立ち向かえないからですよ」

平然とした顔に戻り、ジョーカーが答えた。

「話を元に戻します。現在、南シナ海に海軍の原子力潜水艦、ヴィクトリアスが潜行しています。あなたは支援部隊と共にマニラに出向き、現地工作員と接触してこれに同乗してください。海軍の許可は既にとってあります」

「で？　その先は？」

ジョーカーは、書類を幾枚か探りながら言葉を続ける。

「あなたたちを乗せた後、ヴィクトリアスは東シナ海へと北上します。しばらくはそこで待機。ザ・ペーパーたちと連絡をとりつつ、サポートに励んでください」

東シナ海は裏で〝原潜交差点〟と呼ばれるほど、各国の潜水艦が激しく出入りしている海域である。米軍に韓国軍に中国、日本、北朝鮮などの国が、常にそれぞれを牽制《けんせい》、監視し続けているのだ。緊張度の高さを予測して、ドレイクは顔をしかめる。

「上陸戦はあるのか？」

「もちろん、予測されます。ミサイルで片がつけば簡単なのですが、あの海域でそんなものを使ったら、それこそ世界大戦が始まりかねません。くれぐれも、行動は慎重に」

「慎重に、か。だが、使うべき時には使わせてもらうぞ。こっちも命が惜しいからな」

ドレイクは、グーテンベルク・ペーパーを移送する際に、紙使いの白竜が原潜、ヴェンジャンスを破壊したのを見ている。

相手によっては、近代兵器などほとんど役に立たないケースもあるのだ。

「そうするべき時には、こちらも判断いたしますよ。あなたは、ザ・ペーパーのサポートに全力を尽くしてください」

「言われなくても、そうする」

支援部隊は、東洋系を中心に一一人で構成した。かつての戦友もいれば、敵だった者もいる。共通点は、〝兵士として有能な者〟だということだ。急編成のチームなので考慮《こうりょ》しなければいけない点もあるが、通常のミッションなら生還《せいかん》率が九割を超えるメンバーだ。

「武器は？　どこで調達する？」

「リストアップしていただければ、マニラのほうで揃《そろ》えておきます」

「わかった。……二時間後に出発する」

「専用機を用意しますので、終わったら、ご連絡ください」

出口に向かおうとするドレイクを、ジョーカーが呼び止める。

「ああ、それと……」

「なんだ？」

「今回ばかりは、可愛《かわい》いお嬢《じょう》さんとの電話はご遠慮《えんりょ》いただきたいのですが」

「！」

ジョーカーが言っているのは、マギーのことである。別居している妻との間にできた、ドレイクの一人娘だ。

女王誘拐《ゆうかい》事件の時、ドレイクは、一度特殊工作部の中からマギーに連絡を取っている。その際、マギーは以前からドレイクが語って聞かせていた〝ジェーン〟の話を口にしているのだ。ジェーンは、読子をモデルにした女スパイだった。

やはり、あの電話は盗聴《とうちょう》されていたのだ。

「マギーは、任務には関係ないぞ」

「存じてます。だが、どこからなんの情報が漏《も》れないとも限りませんので。私はただ、万全を期したいだけなんですよ」

ジョーカーは微笑した。しかし言葉の中には、冗談のかけらもない。

「……わかった。電話はしない」

ドレイクの返事を聞き、ジョーカーが満足そうに頷《うなず》いた。

「結構」

後ろ手にドアを閉め、ドレイクが出ていく。閉める、というより叩きつける、というほうが相応《ふさわ》しい大音量が、ジョーカーの部屋に残った。その衝撃《しょうげき》で何冊か、資料の山が崩《くず》れた。

「ふうっ……」

長く、細い息を吐くジョーカーだ。

ドレイクの弱点は娘である。今の反応を見ると、その効き目は予想以上である。娘の所在を把握《はあく》している限り、ドレイクが特殊工作部に逆らうことはないだろう。

「…………………………」

読子の弱点はねねねである。

作戦を統括《とうかつ》する者として、ジョーカーはあらゆる事態を想定し、対応策を考えておかねばならない。作戦の中心をなす者は、長所も短所も弱みも握っておくべきなのだ。

ファウストが敵側についてから、その考えはより強くなっている。

そしてそれが、本来は信頼で結ばれるはずのスタッフに、感情のしこりを抱かせることも承知している。

今日からドレイクは、彼に決定的な一線を引いて接するようになるだろう。

もともと親密なわけではなかったが、それとはまた別のレベルで、対応してくるに違いない。

読子にしても、ねねねを英国に留まらせている真意を知った時、間違いなく態度が変化する。断言できる。

それは、彼女を信じていない証明だからだ。

「…………………………」

構《かま》わない。

それが、今自分に必要とされることなのだから。

誰に信頼されなくても構わない。作戦さえ、成功できれば。

ファウストにしても、彼の弱点さえ掌握《しょうあく》しておけば、読仙社への裏切りという最悪の事態は避けることができたはずだ。

言い換えれば、それだけの厳しさが英国側には不足していたのだ。

「…………………………」

ジョーカーは、机の引き出しに考えを巡らせた。

この中にある極秘《ごくひ》のポケット、その奥にジェントルメンの〝弱点〟が眠っている。

彼とファウストが人払いをして交わした会話を盗聴したものだ。その直後のジェントルメンの態度ぶりから、尋常《じんじょう》でない内容であると予測できる。

しかし、今なお、ジョーカーはその会話を聞いていない。

聞くこと、つまり知ることへの恐怖が克服《こくふく》できないのである。

さりとて、データを消去するほどの踏ん切りもつかない。

結論としてジョーカーは、作戦終了まで、データを保存しておくことに決めた。一応の保険として残しておくのが、ベストの選択だろう。

弱点を握っておくことは重要だ。

たとえその相手が、ジェントルメンと言えど……。

「ジョーカーさん。ウェンディです」

ドアの向こうから、ノックの音がした。

「……入りなさい」

コンマ五秒ほどかけて表情を整理し、苦悩の痕跡《こんせき》を消し去る。

いつもの、ウェンディの上司としてのジョーカーが現れた。

「失礼します」

入室してきたウェンディは、いつもの制服に小ぶりのバスケットを手にしている。

「昼食は、お弁当ですか?」

「え? あ、はい。簡単なサンドイッチだったんですが」

なぜか恥ずかしそうに、ウェンディが頭に手をやった。

「自炊《じすい》はいいことですね。私など、もう何日間、特殊工作部の食堂ですませているのかわかりませんよ」

ジョーカーは未婚である。決まった恋人もいない。

食事は外食がメインで、このように任務が煮詰まってくると特殊工作部に泊まり込みになり、食堂の世話になることになる。

もちろん、栄養面では文句の出ることのないシロモノだが、連日変わり映えのしないメニューは飽《あ》きるのも早いのだ。

強権を発動して専用シェフを雇い入れることもできるが、今は事態が事態である。そんなことをすれば、大半のスタッフから不満の声が上がるのは必至だろう。

開発部のジギーも、同様に連日泊まりこんでいるが、彼も三度の食事を部下たちと共に食堂でとっている。それが、目に見えない連帯感となって部下たちに影響を与えていることは、端《はた》から見ていてもよくわかる。

「……あの。じゃあ、明日にでも私、なにか作ってきましょうか?」

ウェンディの言葉は、ジョーカーを数秒間驚かせた。

そんな内容の返事は、まったく期待していなかったからだ。

「い、いえ……遠慮《えんりょ》しておきましょう」

戸惑いながら、ジョーカーはウェンディが醸《かも》し出す善意の空気を押しのけた。今それは、彼にとって必要のない、むしろあると何らかの障害になりかねないものだった。

「君には、菫川先生の面倒を見てもらわないと。余計な手間はかけたくありませんから」

「そうですか……」

ウェンディも、意外にあっさりと頷《うなず》いた。

体験したことのない類《たぐい》の気まずさを、ジョーカーはなんとか打ち消そうとする。

「えー……で、ウェンディ君。なんの用ですか?」

「あ。あのですね、ご報告する必要はないのかもしれないんですが……」

「なんでしょう?」

「私、さっきまで菫川先生と、上でお食事してたんです。そしたら……」

ウェンディは、先刻大英博物館入口前で起こった、ちょっとした騒動のことを話した。

「『ネイバーズ』……。聞いたことはありますね。大衆紙でしたか?」

「はい。そこの記者の、ジョエル・グリーンって名乗ってました。わざわざご報告することはないかとも思ったんですが、読子さんの紙飛行機について話してたのが気になって」

「………………………」

ジョーカーは、ウェンディの報告を頭の中で吟味《ぎんみ》してみた。

特ダネを求める輩《やから》は、別にグリーンだけではない。専用窓口が必要なほど大勢いる。くわえて、パパラッチの執拗《しつよう》な取材もある。

が、確かに読子の紙飛行機を指摘してきた者はいない。しかもグリーンは、ウェンディが大英図書館のスタッフだと知って声をかけてきた。

軍でもなく警察でもなく、大英図書館に……。

ジョーカーの頭で、忘却《ぼうきゃく》の河に流されかけていた事柄が思い当たった。

ロンドン襲撃後に、ジョセフ・リード首相によって行われた公式見解発表。

そこで彼は、〝大英博物館〟と読むべきところを〝大英図書館〟と読んでしまった。

ジョーカーはそのミスを指摘したが、あえて訂正《ていせい》はしなかった。ミスをより印象づけることになっては、逆効果だからだ。

その間違いが気にかかる奴などそうはいない。いたとしても、相当なひねくれ者だろう、と考えていたのだが……。

「……どうやら、そのひねくれ者がいたようですね……」

「はっ？」

ジョーカーのつぶやきに、ウェンディが首をかしげる。

「なんでもありませんよ。……それより報告、ご苦労さまでした。心配はいらないと思います。暴力を受けたのなら、それなりに法的な準備はしますが？」

「いいえ、そこまではっ！　ねねねさんが助けてくれましたからっ」

ウェンディが慌《あわ》てて手を振った。

「そうですか。……彼女、思ったより大人物のようですね。さすがに読子のお気に入りだ」

「ええ。ほんと、いい人ですよっ。口が悪くて手が早くてワガママだけどっ」

屈託《くったく》のない口調を聞くと、ウェンディがやはり一九歳の少女だと実感する。自らが、その〝いい人〟の監視《かんし》を務めていると知ったら、どんな顔をするだろう。

「その件はまかせてください。書面で、『ネイバーズ』への抗議を送っておきましょう。牽制《けんせい》には役立つでしょうし」

「ありがとうございますっ。……では、私も午後の仕事に戻りますっ」

ウェンディは一礼し、部屋を出ていった。

ドレイクに比べれば格段な静かさで、ドアを閉めて。

残ったジョーカーは考える。

たいした問題ではない。今、特殊工作部が対峙《たいじ》している問題に比べれば。

たかが大衆紙の一記者、どうにでもできる。

むしろ気にして、その対応に費やす時間や手間のほうが惜しい。黙殺《もくさつ》するのが一番手っ取り早い話だ。

「……………………………」

しかし、なにかが引っかかる。

冷たい水がしみる奥歯のように。シーツの下にまぎれこんで、疲れた身体《からだ》にくいこんでくる一粒の豆のように。

無視していいはずの出来事が、心のダストボックスにうまく収まらず、気にかかる切れ端を覗《のぞ》かせている。

ジョーカーは、乱雑な机の上からメモを探しだし、「ジョエル・グリーン。『ネイバーズ』」と記した。

名前と所属がわかっていれば、身柄《みがら》を確保したも同然だ。

いざとなれば、スタッフを向かわせて、口を封じよう。手段はアメでもいいしムチでもいいし、物理的なものでもいい。

〝物理的〟とはつまり、文意どおり口を封じることだ。

「………………やれやれ」

まったく、なんで俺はこんな煩雑《はんざつ》なことまで考えなければならないんだ。

王府井大街から南下し、前門東大街を西に向かう。

地下鉄長椿街駅に達するころ、ナンシーは運転手を止めた。

「………………追っ手はないわね」

しばらく後方を見張ってから、輪《りん》タクを下りる。

地下鉄前で停めたのは、崔たちが車で追ってきた時、電車に逃げこむためだ。

しかしどうやら、本日の敵にはその気力が残ってないらしい。

「ご苦労様」

かなり多めの乗車賃を渡すのは、口止めも兼ねてのことだろう。

「ひと安心、なんでしょうか？」

読子がナンシーに習って、通りのほうを眺め見る。怪しい者がいたとしても、判別できるかは疑わしいが。

「今のところはね。……でも、さっさとアジトに戻ったほうがいいわ」

「ナンシーさんのアジトですかっ？　それって、この傍《そば》にあるんですかっ？」

アジト、という語感になにか期待するものがあるのか、読子が目を輝かせる。

ナンシーはそんな態度を見て、少しばかり馬鹿にしたような顔になった。

「アジト、つってもフッーの店の二階よ。レーダーとかレーザーとかトラップとか、妙な期待しないでちょうだいね」

「え？　あ、はい……。やだなっ、そんなの、期待してませんよ。ははは

っ。小学生じゃないんですから……ははは、はっ、ははははっ、……はぁ」

言葉と裏腹《うらはら》に、読子の態度にはわずかな落胆《らくたん》が見てとれる。

「ちょっと、戻るわよ」

ナンシーは、長椿街から下斜街に入り、裏道へと足を踏み入れた。なるべく人目につきたくないのか、その足取りは早い。

「あ、あのっ……もう少し緩《ゆる》やかに歩いていただけると、とっても有り難いんですが……」

比べて読子は、カートをカラカラと引きずって、ふらふらと蛇行《だこう》しながらついてくる。慣れない街並みに視線もそぞろで、どうしてもナンシーからは遅れがちだ。

「ダメ。エージェントなんだから、速いほうに適応しなさい」

しかしナンシーは、そんな読子を決して甘やかさない。

「と言われても、急には……」

「生物はね、必要にかられて適応する能力を持ってるの。あなただって、戦いの時には素早く動けるじゃないの。普段と差ができるのは、普段怠《なま》けてる証拠だわ」

「いえ、怠けてるわけじゃ……」

反論しようとする読子だが、確かにナンシーのほうが正論である。

カートを引きずっている間に、読子はあることに気づいた。

「ナンシーさん……これ、戻ってませんか?」

二人が進んでいるのは、輪タクに乗ってきた方角、つまりは東のほうだった。

「よく気づいたわね。そうよ。一キロちょっとだけど、引き返してるの」

方角は同じだが、通りは大通りを避けた裏道だ。読子が気づいたのは、視界の隅《すみ》に、一度見た書店の看板が入ったからである。

「なんでまた……」

「輪《りん》タクの運転手は、結局あの場所に戻るしかないでしょ？　そこを窪にしめあげられたら、口止め料を払ってても、無理矢理にでも喋《しゃべ》らされるかもしれないわ。そしたら、下りた場所が連中にバレる。アジトを探す手がかりになる」

「はぁ……」

「だから、少し離れた場所で下りて、引き返すの。念には念を入れないとね」

「なるほどぉ……」

ナンシーの行動はエージェントの基本である。野生動物の中にも、巣を探られないために同様の行動をとるものがいる。その注意深さが、他の潜入員と明暗を分けた理由なのかもしれない。

世界で最もエージェントらしくない女、読子はひたすらに感心するばかりであった。

ほどなくして二人は、宣武門外大街という通りを越えた。

「……………………あっ」

その辺りからである。読子が、空気の変質を感じたのは。

「どうしたの？」

思わず立ち止まる読子を、ナンシーが振り返る。

「いえ、なんとなく……空気に、いい匂《にお》いが混じってきて」

はしたなく、くんくんと鼻をならす読子である。

しかしそんな素振《そぶ》りを見て、ナンシーは注意するどころか感嘆の口笛を吹いた。

「へえっ……まだ二〇〇メートルはあるのに、よく気づくものね」

「二〇〇メートルって、なにがですか？」

「私のアジトよ。〝瑠璃廠《リウリーチャン》〟」

ナンシーはそう言って、また歩き出した。

「りぅりー……ちゃん？」

ナンシーの言葉をオウム返しにしながら、読子がえっちらおっちら続いていく。

気づくと、居並ぶ建物が古色然《こしょくぜん》としたものに変わってきている。先刻の王府井大街とはうってかわった、まるで清朝《しんちょう》時代の建造物だ。

それにつれて、読子の鼻孔《びこう》をくすぐる大気も、実に香《こう》ばしいものになりつつある。

似た匂いは、世界の各地で嗅いだことがある。

東京の神保町《じんぼうちょう》。イギリスのヘイ・オン・ワイ。ベルギーのレデュ。アイルランドはデリー、ブック・ワームズ（本の虫）……。

読子が心地《ここち》よい香りに、思わず目を閉じていると、立ち止まったナンシーの背が彼女に衝突《しょうとつ》した。

「あうっ」

「着いたわ。ここが瑠璃廠よ」

目を開いた読子が見たものは、古式然《こしきぜん》とした、それでいて鮮やかな看板や旗、提灯《ちょうちん》、垂れ幕に飾られた通りであった。

「うわあっ……」

映画に出てくるような〝中華的な〟建物に、思わず見とれてしまう。店先に並んでいるのは壺《つぼ》、水差し、皿に古時計などの骨董品《こっとうひん》にポスター、置物などのみやげ物。そして本。

「………………本っ！」

その姿を見るが早いか、読子が走りだそうとする。

「落ち着きなさいよ、まったく」

コートの裾《すそ》をつかんで、ナンシーがどうにか引き留める。

「離してください、ナンシーさんっ！　どうして本屋に出かけるのか、そこに本があるからですっ！」

エベレストに挑んだ登山家、G・マロリーの名言を盗用して、聞かれもしないのに答える。いかに興奮しているかがしれよう。

「だから落ち着きなさいっての。そんなに焦《あせ》らなくても、本はその辺のどこでも、山のようにあるんだから」

「その辺のどこでも……山のように……」

ナンシーの言葉に、読子の顔が崩《くず》れる。嬉《うれ》しさのあまり、筋肉が笑い崩《くず》れている。

「にへへへへへへへ……」

気色《きしょく》の悪い笑い方に、ナンシーが思わず怯《ひる》んだ。

「それが山とあるのなら、登らずにはいられませんっ。そういえばさっき、ナンシーさんは本を買うのジャマしたじゃないですかぁっ」

ずりずりと、歩を進めようとする読子を、ナンシーが引き留める。猛獣と、猛獣使いのそれにも似た光景だ。

「……同じ理由で止めるわよっ。任務が終わってから、ゆっくり回ればいいじゃないのっ」

「任務っ……」

頭の端に追いやられていた職業意識が、どうにか意志のメインストリートに現れる。

「……やっぱり、おシゴトしないとダメでしょうかっ」

「当たり前でしょっ」

立ち止まった読子を、今度は先導《せんどう》してナンシーが歩き出した。

「早く来なさいっ。こんなとこにいても、目立つばっかりよっ」

「ふわい……」

読子はしぶしぶと、しかし目だけは爛々《らんらん》と輝かせながらも後に続いた。

瑠璃廠は骨董品と文房四宝《ぶんぼうしほう》――墨《すみ》、筆、紙、硯《すずり》――、古書や絵画を扱う店が立ち並ぶ街である。清代をモチーフに復元された建物は、観光客にアピールするところも大きく、車のいない時などは、タイムスリップしてきたような錯覚《さっかく》すらおぼえる、と評判だ。

ナンシーのアジトは、その中の一つ、屏古荘という名の骨董品屋にあった。

アジトといっても、本人が言ったように、建物の二階の一室を間借りしているものだ。簡素なベッドにテーブル、椅子《いす》と最小限の家具、旅行用のトランクが無造作《むぞうさ》においてある。読子の本だらけの部屋とは対照的だ。

しかし、窓からは瑠璃廠の表通りが見える。

それはどんな名画よりも街の活気を伝え、飽《あ》きることがない美しさを部屋に運んでくる。学者も訪れるほど品揃《しなぞろ》えのよい古書店、中国書店からどうにか読子を引きずってきたナンシーは、ようやく安心の息を漏《も》らした。

「わあっ……ステキな部屋ですねぇっ」

と窓から顔を出した読子が、右に左にと視線を飛ばす。その目的が、本屋の位置を確認することであるのは明白だ。

「わざとらしいわねっ。とにかく、任務がすんだら放し飼いにしてあげるから、今はガマンしなさいよっ。大人なんだから」

「……本に関しては、少女のような純粋な心を忘れられない私です……」

「幼女のような辛抱《しんぼう》の無さでしょ」

反論できない読子である。

「……ナンシーさん、ここ、どうやって見つけたんですか？」

ナンシーは、部屋の隅《すみ》に置いた衝立《ついたて》の向こうに回った。

バサッとコートを投げかけて、下に着用していたレザースーツを脱ぎ始める。

「言ったでしょ。オーストラリアでアンティークショップをやってるって。下の店とは時々仕入れもしてるのよ」

読子の心臓が高鳴ったのは、シルエットではあるがナンシーのボディーラインが衝立越しに見えてしまったからだ。

女同士であり、意識する必要はないのだが、それでも突然の光景は刺激的すぎた。

「あ、ああ。なるほど……」

「だから、今回も観光とその仕入れで来た、ってことにしてるけど。なにか聞かれたら口裏あわせといてね。店の人、英語ならちょっとできるから」

レザースーツの下は、どうやらインナーをつけていないらしい。

思わず目をそらしてしまう読子だが、ナンシーはそういう方面に無頓着《むとんちゃく》な性格らしい。

「あーあ、また服一着無くしちゃった。あなた、ジョーカーがシブったら必要経費だって証言してよね」

「了解しました……」

シャツにジーンズといった軽装に着替えたナンシーが、衝立の向こうから出てくる。

「……あなたは？　着替えないの？　その格好じゃ暑いでしょ」

「はぁ……いえ、では、お言葉にあまえて……」

といっても、読子はコートを脱いだだけだ。

「着替え、持ってないの？」

「はい……」

「じゃあ、ケースの中は？」

「紙と、本です」

開いて確かめるナンシーだったが、言葉どおりに中身を埋め尽《つ》くす紙と本に、やれやれと首を振ってしまう。

「その服が汚れたら、どうするのよ」

「いや、まあ。気にしませんし」

あまりといえばあまりな返答に、思わずナンシーが大声をあげた。

「私が気にするわよっ。信じられない。なんて大雑把《おおざっぱ》な性格なのっ」

「すみません……よく、言われます……」

恐縮し、俯《うつむ》いてしまう読子だ。

「よく言われるんなら、改善の努力をしなさいよっ。……しょうがないわ。私の服、貸したげるから、ちょっと着替えなさい」

「うへっ……」

読子は、つい正直に顔をしかめてしまった。そんな時間があれば外に飛び出し、本屋に飛び込みたいと思ったからだ。

「飛び込むにしたって、そんな事務員みたいなカッコじゃ目立つでしょっ。木の葉を隠すなら森の中、郷《ごう》に入《い》っては郷に従え、よ」

ナンシーさん、どこの出身なんだろ……。そんな疑問の芽生《めば》え始める読子だった。

「……かえって、目立つんじゃないでしょうか。このカッコじゃ」

読子の顔はかつてないほど赤い。恥ずかしさのせいである。

「そんなことないわ。似合ってるわよ。たぶん。可愛《かわい》いと思うわ。好みによっては」

では、なぜそう言うナンシー自身が笑いをこらえたような表情になっているのか。

読子は姿見の前に立ち、予想以上に恥ずかしい自分の外観に、つい目眩《めまい》を感じた。

ナンシーが引っ張り出したのは、白のチャイナドレスで、しかも丈《たけ》のかなり短いタイプだった。股下《またした》ぎりぎりの裾《すそ》は、普段ロングスカートで完全防備された脚を白日《はくじつ》の下《もと》にさらけ出す。

胸の形もくっきりと浮かびあがり、不必要に成長してしまったその大きさを強調している。

サービス過剰《かじょう》なその姿に、読子は大きく口を開けてしまった。

姿見の中、後ろではナンシーが身を折って笑いをこらえている。

「なっ、なっ、ナンシーさぁんっ！　コレは危険です。いけませんっ！　こんなカッコで外を歩いたら、私、逮捕《たいほ》されちゃいますっ！」

誰になのか。なんの罪でなのか。そういう疑問をとりあえず置いておくにしても、このチャイナドレスはヤバすぎる。

「ちょうどいいじゃない。それなら、本屋にも行けないでしょ。夜までじっくり、中国語を教えてあげる」

意地悪く笑うナンシーに、読子は自分が罠《わな》に落ちたことを知った。

「ずっ、ズルいっ！　サギですっ！　ヒキョーですっ！」

「なんとでも言って。どうせ非情なこの業界よ」

読子の抗議を、ナンシーがあっさりと払う。

「任務に出る時は、ちゃんと服返すから」

してやられた読子は、赤くなったままで頬《ほお》を膨《ふく》らませる。そんな仕草は、二〇代中盤の女性とは思えない。

「……こんな服、なんで買ってたんですかぁっ……ナンシーさんの、えっち」

「イヤな言い方しないでよ。別にそれ着て歩くわけじゃないわ。オミヤゲよ、オミヤーゲ」

テーブルの上に茶道具を並べながら、ナンシーが答える。

「それ買って帰ったら、彼氏が喜ぶかなー、とか思っただけ」

しれっと言ってのけるナンシーを、読子がじっとりとした視線で見つめる。

「…………やっぱり、えっちです……」

「ビェゲンギャウォ！」

突然トーンの変わったナンシーの返答に、読子が目を丸くした。

「なんですか、今の？」

「〝ほっといてくれ〟って意味」

困惑の取れない読子を、ナンシーは楽しそうに見つめた。

そこから一〇〇メートルと離れていない場所に、栄宝堂という文房四宝《ぶんぼうしほう》を扱う店がある。紙に筆、墨《すみ》に硯《すずり》、他にも印鑑や文机《ふづくえ》も扱っている、そこそこに名の売れた店だ。品物の出来栄えに定評があるので、文士や学者も多く訪れる。

それなりの予算を出せば、オリジナルの注文品まで製造してくれる。こだわりを持つ人には、気にかかる存在だ。

栄宝堂の工房では、今日も各分野の名人が、逸品《いっぴん》を仕上げるために技術のすべてを注いでいるのである。

その店頭に、一人の男と一人の女が立った。

男は四〇の半ばか、着た、というより巻きつけたような僧衣《そうえ》姿だ。裾《すそ》も袖《そで》もばりばりに破れ、たくましい筋肉が露出されている。

目をこらせば僧衣の隅《すみ》に、〝少林〟の縫《ぬ》い文字が見えるのだが、それに気づく者はほとんどいない。

四角い顎《あご》をいじりながら、にやにやと店内を見回している。その顎からも、見るからに硬そうな、太い髭《ひげ》が伸びている。

対して女のほうは、驚くほど細い。

顔も、首も、胸も、腰も、腕も、脚も、髪も。

なにもかもが細い。長い髪は顔にまとわりつき、その隙間《すきま》からしっとりとした瞳だけが見え隠れしている。

着ている服も、男とは対照的だ。

足首までを隠す一体型のドレスで、色は黒一色。

一本の筆で引っ張ったような、〝線〟の印象がある。

「い……いらっしゃいませ……」

店員が出てきた。男のほうがにっかりと笑い、口を開く。

「注文した品を、取りに来たぜ」

女が無言で頷《うなず》いた。

女はまだしも、男は文房四宝に用があるとは思えない。今しがた、修行を終えて下山した格闘家、と聞いても信じられそうな外見だ。

「どういった、お品ですか?」

「特注だ」

男は笑いながら答える。

「そうですか……失礼ながら、お名前を」

そう言われて、男の態度が微妙に変わった。

「さて、困ったな……」

顔は笑ったままである。髭を太い指でいじりながら、明後日《あさって》のほうを見る。

「……………………社……」

「はっ？」

唐突《とうとつ》に出てきた女の声は、ともすれば空気の擦《こす》れる音と間違えそうなほどに小さい。

「…………読…………仙…………社……で…………」

「読仙社？」

聞き返した店員の声に、店の奥に立っていた店主が振り向いた。

「読仙社で、ご注文をいただきましたか？」

最後の疑問符が消える前に、店主がその場にかけよっていた。

「失礼いたしました！　ご注文品、承《うけたまわ》っております！　……すみません、表口からいらっしゃるとは思わなかったので……」

「なんだ？　他の連中は裏口から入るのか？　うしろぐらいとこが、あるみてぇじゃねぇか。かんらからから」

男が伝法《でんぽう》に笑った。女は黙ったままだった。

「いえ、失礼をば。…………こちら様のお相手は私がするから、君は店を頼むよ」

後半は、店員に向けられた言葉である。

店員は狐《きつね》につままれたような顔になっているが、この二人の客が特別なタイプのものだとわかり、早々に頷《うなず》いた。

「いい筆揃《そろ》ってんな、おい！」

二人は店主に案内されて、店の奥にある応接室へと消えていった。

店員はその後ろ姿を見送った後、ふと視線を落とした床に数本の毛を見つけた。

「…………毛？」

白い、おそらくは兎《うさぎ》の毛である。

開店前に掃除《そうじ》はしたし、陳列《ちんれつ》してある筆にはカバーがかぶせてある。不思議に思って拾おうと、手をのばしてみる。

「…………痛っ！」

毛が、一瞬針のように硬くなり、指に刺さった。

「!?」

指の先に、血の玉ができる。驚いて再度視線を落とすと、毛はいずこかへと消えていた。


「……お待たせいたしました。こちらです……」

応接室に、店長が台車を押してきた。

その上には、長さ二メートル、幅、厚さ六〇センチはあろうかという革ばりのケースが乗っている。オーケストラが管楽器を運ぶ時に使いそうな、巨大なものだ。

もう一つ、厚手のシガレットケースに似たものが見える。留め金があることから、実際にケースであるとわかるが、中身は不明だ。

ソファーに腰掛けて待っていた男と女は、待ちこがれていた物の登場に目を細めた。

「注文どおりに仕上げましたが……お確かめ、ください」

「すまねぇな」

男が立ち上がり、巨大なほうのケースをひょいっと持ち上げた。

なにげない動きである。しかし、台車を押してきた店主の驚いた表情が、男の怪力ぶりを語っている。

男はテーブルの上にケースを置き、留め金を外して中を覗《のぞ》いた。

「……………………」

その顔が、徐々に笑みに変わる。玩具《おもちゃ》をもらった子供のように、喜びが広がっていく。

「たいしたもんだな……」

店主が、安堵《あんど》のたっぷり詰まった声を出した。

「ありがとうございます。……で、えぇと、ご確認は……」

「帰って、やろう。ここで使った日にゃ、あんたらにも迷惑がかかるしな」

男の返答に、店主の安堵《あんど》濃度はさらに上がった。

その間に、女が小さいほうのケースを手にとっている。

「……………………」

膝《ひざ》の上に置き、開く。工具箱のように金具が動き、二段に並んだ小瓶《こびん》が現れた。

三〇本はあるだろうか。どれも同じ形で、十数センチの長さである。ガラスの表面には一枚ずつラベルが貼られ、ただ一言『影』と書かれていた。

「……………………」

「あの……」

無反応に、店主が思わず口を挟《はさ》んだ時、女が動いた。

「あっ……！」

流れるような動作で蓋《ふた》を開け、瓶を口に運ぶ。

ぐるっ……。

喉《のど》が動き、音をたてて鳴った。中身を、女が嚥下《えんか》したのだ。

「それはっ……！　人間には、毒っ……！」

店主が思わず目を丸くする。

しかし、液体らしい中身は、見る間に女の中へと流れて消えた。

「…………………………………」

一本まるまる飲んでも、女の態度は変わらない。無口で無表情で、座ったままだ。

「……どうだ？」

店主に代わって、男が声をかける。女はゆっくりと男のほうに顔を向け、小さく頷《うなず》いた。

「いい塩梅《あんばい》らしいな。さてと……」

男がソファーから立ち上がった。店主は、まだ驚きから立ち直れずにいる。微量ならともかく、あの小瓶の中身を丸々飲んで、平気でいられるはずがない！

「帰るとするか。職人さんたちには、礼を言っといてくれ」

ケースを持ち上げる。まるで中身が無いかのように、軽々と。

女がそれに続いた。苦しそうな素振りなど、毛の先ほども見せずに。

どうにか自分を取り戻した店主が、ドアに向かう二人にようやくの思いで声をかける。

「あの……よろしければ、教えていただきたいのですが……」

「ああ?」

二人が振り向いた。見下ろす格好になるのは、店主がソファーから立ち上がれないからだ。それだけの、気力がないのである。

「ご注文いただいた、その二つ……いったい、なんのためにお使いになるんですか?」

ひょっとして、自分たちはとんでもない物を作り、とんでもない相手に渡したのではないか? この期《ご》に及んでそんな考えが浮かび、そう問わせた。

「そりゃおめぇ……」

男がにっか、と大きな笑みを浮かべる。

「世界平和のためよ」

男に続いて、女が笑った。

だがその歯は真っ黒に塗られて、少しも笑みに見えなかった。

禍々《まがまが》しい空気だけを残して、二人は部屋から出ていった。

第二章　『黒くぬれ』

北京《ペキン》の中央に位置する故宮《こきゅう》博物院は、かつては明《みん》、清《しん》代の皇帝が使用していた宮殿だった。紫禁城《しきんじょう》と呼ばれたこの建物は、華麗《かれい》にして重厚な建築群を数多く内包《ないほう》し、一九八七年には世界遺産にも指定されている。

総面積は約七一万平方メートル。大きくは公《おおやけ》の場としての外朝と、皇族が日常生活や執務《しつむ》などに使っていた内朝にわけられる。当初は外朝のみが宝物類を展示、観覧する場となっていたが、一九四七年からは内廷部分も公開されるようになり、現在の故宮博物院の形になった。

一般開放は午前八時三〇分から午後五時までである（冬期は午後四時閉館）。

清朝の史料によると部屋の数は約九〇〇〇、とされているが、一九五五年の調査で正確には八六六二間、とわかった。いずれにしても、多いことには変わりがない。

故宮の四方は南北九六〇メートル、東西は七五〇メートル。すべてが高さ一〇メートルの城壁で囲まれ、さらに筒子河の壕《ほり》がめぐらされている。巨大さと圧迫感で見る者を威圧するその様は、観光名所とはいえ、ここが確かに権威と史観が同居していた建築物だと実感させるのだ。

外部から故宮へは、四つの橋がかかっている。

東の東華門、西の西華門、北の神武門、そして南の午門。観光客が利用するのは、通常南の午門で、ここは五つの崇楼《すうろう》が立っていることから五鳳門とも呼ばれている。


奇妙に星の見えない夜だった。

黒い空の中央に、くっきりと明るい光を放ちながら、月が浮かんでいる。

それを取り巻くように、ちぎった紙のような雲が見えた。

闇になりそうでならない、そんな夜である。

東華門からやや北に向かう道の上を、一人の男が歩いている。

普通の服を着た中年の男だが、その足取りには隙《すき》がなく、視線には柔らかいものが無い。何らかの訓練を受けた者と推察できる。

男の耳に、わずかな水音が聞こえた。

「…………」

壕《ほり》の上に視線をやる。なにも見えない。

水鳥でも飛び立ったか、と宙を見る。なにもいない。

男は懐中電灯を取り出し、念のために河に当てた。

夜空を映したかのような、暗い水面が映っただけだった。

十数秒、その辺りを見回して、男はようやく電灯を消した。異状なし、と判断したのだ。

北にそびえる角楼《かくろう》に向かって、男は再び歩き出した。

男が姿を消して二分後。水面の上の空間が崩《くず》れた。

「……危ないところでした……」

「……一般人の格好をしてるけど、あれは周りを監視《かんし》してるわ。……今夜は特に、気合いが入ってるみたいね」

会話をしているのは、コート姿の読子《よみこ》とレザースーツのナンシーである。

二人は、水面に座りこんでいた。

いや、暗くて見えにくいが、二人の下には一枚の大きな黒紙がある。二人はその黒紙を、筏《いかだ》のように使用して壕に浮いているのだ。

ジギーが用意した潜入用特殊用紙、『ロビンソン』である。

「ということはやはり、この中にグーテンベルク・ペーパーが持ち込まれてるんでしょうか？」

「そうだといいわね。早く任務を終えて、オーストラリアに帰りたいし」

他の者が会話している二人を見たら、さぞかし驚くことだろう。声はすれば、その姿は下半身のみ。口があるはずの上半身は、闇の中に消えているのだ。

しらしら、とかすかな音がした。その音につれて、二人の上半身が見えてくる。

「便利ね、この紙。本当に見えなかったみたいだし」

「鉱物繊維《こうぶつせんい》を織り込んで、屈折率《くっせつりつ》を変えるんですって。これもジギーさんの発明です」

二人が頭から被っていたのは、やはり特殊用紙で、『インビジブル』と名付けられたものだ。男の向けた電灯から隠れられたのも、この紙のおかげである。

「大発明じゃないの？　これって。結構お金にもなりそうだし」

「まだ試作段階ですので。海の上とか、模様のない壁の前とか、使用できる場所が限られてるんです。それに、犯罪とかで悪用される心配があるので、まだ一般には発表したくないみたいですよ」

「なるほどねぇ……」

鉱物《こうぶつ》が混ざっているはずなのに、手触りはシルクより滑らかだ。完成度も高いが、開発費もそれ相応に高いのだろう。

「なんか私たち、エージェントっていうよりニンジャみたい」

いそいそと『インビジブル』を折り畳《たた》む読子を尻目に、ナンシーがつぶやく。

「急ぎましょう、ナンシーさん。『ロビンソン』もそんなに長く浮いてられないんです」

特殊用紙とはいえ限度があるのか、確かに紙の表面には、壕《ほり》の水が染み出てきている。

「早く言いなさいよ、そういうことはっ」

二人は急いで、紙のオールで水面をかき始めた。

壕を渡り、城壁の下に上陸した二人は、改めて壁を見上げる。一〇メートルの壁は、真下から見ると余計に高く感じられる。

「お先に」

ナンシーは、壁に手を当て、そのまま身体《からだ》を中へと〝押し込んだ〟。壁は音もなくナンシーの身体を飲みこみ、後には読子だけが残される。

「…………………………うわあ……」

昼間に一度見ているとはいえ、その能力には舌を巻く。これほど潜入工作向きの能力もないだろう。ナンシーが生き残ったのは、この能力とあの用心深さあってのことだ。

しかし自分もぼーっとしてはいられない。自分は自分の能力を活かして、任務の遂行《すいこう》に取り組むのだ。

読子は、持参したスーツケースを開いた。

「…………はぁっ……」

厚い壁をすり抜け、故宮の内部に侵入したナンシーは、溜めていた息を吐き出した。

物質に〝潜って〟いる間は呼吸ができない。それは、無敵と思われるナンシーの能力で唯一の弱点である。さらに、物質から受ける圧力は少なからず体力を消耗《しょうもう》させる。

「……私、やっぱりアレかしら？　結婚したら〝ミセス・ディープ〟になるのかしら？」

誰にともなく疑問を口にした時。宙から、なにかが落ちてきた。

「？」

足もとに転がった、それを見る。紙テープだった。

紙テープはそれ自体が意志を持っているように転がり続け、すぐ近くに植えられていた樹の幹に近づく。

「…………………」

ナンシーが見ている前で、それは幹を二、三周回り、きりりと巻き付いた。

「へぇっ……」

ナンシーが感心していると、テープが壁の向こうからぴん！　と引っ張られる。読子が、ロープ代わりにしてえっちらおっちら上ってきているのだろう。

「安易に頼ってこないとこは、評価してあげてもいいわね」

ナンシーの能力なら、守衛を眠らせて内側から門を開けたり、壁の上からロープを垂らしたりすることは容易《たやす》い。

しかし読子はそれに頼ることなく、自分の能力を使った。些細《ささい》なことではあるが、そういった要素が積み重なっていって、相手への判断が決まるのだ。

自分はこの相手のために、どこまでできるか。

この相手を、どこまで信頼できるか。

突き詰めていけば、この相手のために命が張れるのか。

読子にそのつもりはないだろうが、ナンシーにしてみれば出会ってからの行動が、すべてそれを推し量るテストである。

それはそうだろう。命令とはいえ、昨日まで面識の無かった相手をパートナーとして扱うには、慎重に慎重を重ねなければならない。

軽い口調に気さくな態度、じゃれあいにも似た適度なコミュニケーション。それだけで、どうやら読子のほうは自分を信頼しきっているらしい。

が、自分はそうではない。

明確に、一線を引いている。例えばこの瞬間、監視員《かんしいん》に見つかったとしたら、自分はさっさと逃げる。読子を置き去りにしても。

そして、ジョーカーが後釜《あとがま》を送ってくるのを待つ。

優先されるは任務の成功であり、それで得られる報酬《ほうしゅう》であり、それを受け取る自分の命なのだ。悪いが、会って半日強の相手のために、必要以上の危険を冒す気はない。

そんなことを思っていると、頭上から声が降ってきた。

「ナンシーさぁぁん……」

壁の上から、読子が顔を覗《のぞ》かせている。見張りを警戒してか、一応小声だ。

「なにしてるのよ。早く下りてきなさい」

人の気配はない。今がチャンスである。

「ええ、それなんですが……」

読子は、困った顔でナンシーを見つめてきた。

「どうやって、下りたらいいんでしょう……？」

ナンシーは、心の中で読子に対する評価を下方修正した。

「……自分で、考えなさいよ」

時計は深夜〇時を回っている。

当然だが、故宮の中には人の気配がない。

時折、警備の懐中電灯が蛍《ほたる》のように闇の中を動いているが、広大な敷地の中ではそれもか細く、消え入りそうだ。

結局、読子は紙テープを壁上から垂らし、それを伝って不格好に下りてきた。

「コート、汚れちゃいました……」

「カモフラージュになっていいでしょ。だいたい、潜入工作にそんな白い服着てくるもんじゃないの」

読子のコートは大英図書館の支給品である。よくよく見ると白は白でもアイボリーホワイトなのだが、夜間に目立つことは変わらない。

二人が侵入したのは故宮の東側、清史館の裏手である。

「で、どう？　なにか感じる？」

ナンシーに問われて、読子が鼻をくんくんと鳴らす。

「…………………うーん……」

四方八方に向けて、くんくんくんと鳴らし続ける。コミカルな動作に、どうしても緊張感が薄れてしまう。

自分で言いだしたのだが、一抹《いちまつ》の馬鹿馬鹿しさは隠せないナンシーだ。

「どうなの？　手応えはないの？　鼻応えでもいいけど」

「……難しいですね……なんか、色々混じってて」

故宮には、実に九〇万点もの収蔵品がある。本に書に絵画に骨董品《こっとうひん》に像に衣類にと、およそないものはない、と断言していいほどの種類と量だ。

しかもその大半が、五〇〇年近い明、清代の中で醸造《ちゅうぞう》された逸品《いっぴん》なのだ。

読子と言えど、その中からたった一枚の紙を嗅覚《きゅうかく》のみで察知するのは困難きわまる。

だが、希望的観測がないわけではない。

これだけ東洋の品が集まれば、西洋にて生まれたグーテンベルク・ペーパーは異質の空気を放ち、自ずと目立つ。

そして読子は一度、そのグーテンベルク・ペーパーを直《じか》に見て、嗅いでいるのだ。

危険だが馥郁《ふくいく》たる香りは、頭の奥に残っている。

「……できれば、ここの中央とかに行けませんか？　等距離なら、もうちょっとわかるような気がするんですが……」

読子の希望を聞いて、ナンシーは考えこんだ。

確かに、中心に立ったほうが、察知はしやすいことだろう。が、その場に移動するには、それなりのリスクを負うことになる。

しばらくそのリスクとメリットを心の天秤《てんびん》にかけた後、

「ＯＫ。……太和殿《タイハー》に行きましょう」

ナンシーは決断した。

早速《さっそく》、西の方角に向かって歩き出す。清史館から太和殿への直線ルートは、警戒の対象となる建造物が少ない。警備が手薄《てうす》になっているのは、二人にとって幸いだった。

故宮内の地図を頭に入れているナンシーが先行する。読子は、ケースが音を立てないようにカートを外し、手に持って後に続いた。

「……ナンシーさん」

わずかだが、心に引っかかっていたことを口にする。

「なに？」

「昼間、おっしゃいましたよね？　別に本が好きなわけじゃないって」

王府井《ワンフーチン》大街の、本屋の前で言った言葉である。

「あれって、どういう意味ですか？」

ナンシーは、周辺の様子に注意しながら答える。

「別に。そのままの意味よ。あなたほど本に夢中じゃないってこと」

警備が少なくても、警報装置が設置されている可能性がある。慎重にしたことはない。

「本、月に何百冊ぐらい読みますか？」

「……そんなに読めるわけないでしょ。雑誌を除くと、せいぜい一冊じゃない？」

答えを聞くなり、読子がケースを石畳《いしだたみ》の上に落とした。その音に肝《きも》を冷やされて、ナンシーが振り向く。

「ちょっと！　しっかり持ってなさいよっ」

「どうしてですか！　お医者さんから読書止められたり死んだおばあちゃんの遺言《ゆいごん》で禁じられてたり本が親の仇《かたき》だったりトラウマだったりするんですか！」

注意したつもりが、逆にまくしたてられるナンシーだった。

慌《あわ》てて手で口を塞ぐと、どうやら読子も我に返り、静かになった。

「あのねっ。こんなとこに無断侵入しているのがバレたら、ヘタしたら国際問題よっ」

「す、すみません……でも、月に一冊っていうのはっ……」

自分と他人の読書量の差、それは読子も知っている。だが、同じ特殊工作部のエージェントとなれば、それほど異なることもないだろう。読子はそんな先入観を持っていた。

「人のことなんてほっといてよっ。じゃああなたは、月に何冊読んでるっていうの？」

「……月によって違いますが……だいたい、四、五〇〇冊以上は……」

「⁉　そんなに読めるわけないでしょっ」

今度はナンシーが大声をあげそうになる。

一日平均にしても、一三から一五冊以上だ。

「読めます。ていうか読んじゃうんです」

「だって、それじゃ他になんにもできないじゃないの」

「はぁ。だから、なんにもしません」

あっさりと肯定する読子に、思わず立ち止まってしまったナンシーだ。

一般に本好き、とされる人でもおそらく一日に一冊、あるいは二冊読むのがせいぜいではないか。

「速読でもしてるの?」

「速読……っていいますか。普通に読んでるだけですけど」

「頭に入ってるの? それで」

「ええ、まぁ……」

読子は、なぜか照れたような笑みを浮かべた。

「信じられない。絶対おかしいわ」

「……信じられないのは、ナンシーさんですっ」

ナンシーの口調が気に障《さわ》ったのか、読子が口を尖《とが》らせる。

「月に一冊って、じゃあそれ以外の時間、なにしてるんですか」

「フツーに生活してるわよっ。仕事したり人と会ったり家でダラダラしたり」

「ダラダラしてるなら、本を読みましょうよ」

読子はガサゴソとケースを開き、中から数冊の本を取り出した。

「げ。持ち歩いてるの? 本を?」

「はいっ。特に外国に来た時なんて、いつ本が買えるかもわかりませんし」

毒々しい色使いをした表紙のノベルスにハードカバー、文庫、雑誌と種類も様々である。

「日本の有名作家、筆村嵐《ふでむらあらし》先生の『豪殺！　猿人食堂繁盛記』に『ヨーロッパ精神の危機』、『ファーストフード黙示録』と『月刊　岳友』……。どれがいいですか？」

読子が嬉《うれ》しそうに勧める本を、ナンシーが静かに突き返す。

「どれも結構。私は読書よりも、お茶飲んだりＤＶＤ観たり友だちと電話したりするほうが好きなの」

明らかな落胆の色が、読子に浮かぶ。

「……じゃあどうして、特殊工作部のお仕事をしてるんですか？」

「お金がいいからよ。私の特技にもあってるし、ね」

押し黙ってしまう読子である。本に関わる人間が、すべて本好きであってほしいというのはワガママだろうか。

書店の店員、雑誌の編集者、ライター、司書や自分たちのような裏方のスタッフ。その大半は本好きだろう。しかし、本好きでなければいけない、という必要はない。誰をとっても大人である。仕事さえできれば、文句を言われる筋合いはないのだ。

「それでも……私は、ナンシーさんに本を読んでほしいです」

「あーもう、しつこいっ。なんでよ？」

「だって私、ナンシーさんが好きですから」

からりと言ってのけられた一言に、ナンシーは意表をつかれた。

「……………………………はぁ？」

「好きな人には、自分の好きなものの魅力を知ってほしいって思いませんか？」

夜である。暗い影の中である。

しかし読子の表情は、ナンシーには不思議と明るく見えた。

「……そういうの、押しつけがましいって思うわ」

「…………………そうでしょうか……」

叱られた生徒のように、読子がうなだれる。

「……こんなお喋《しゃべ》りはあとよ。任務が先。行くわよ」

話題を切り上げ、ナンシーが歩き出す。

「はいっ……」

読子がもたもたと、その背に続いた。

午門からまっすぐに進み、外朝の正門である太和門をくぐると、中国最大の木造建築である太和殿が見えてくる。

太和門から太和殿までの広大な石畳《いしだたみ》を見ると、「式典や儀式《ぎしき》の時、ここを人々が埋め尽くしたのか」とその光景が想像され、改めて皇帝の権力を実感する。

七二本の大木柱に支えられた巨大な屋根、絢爛《けんらん》な細工がなされた瓦《かわら》、壁、天井。そしてなにより、時の皇帝が座った玉座《ぎょくざ》は、まさに中国文化の至宝である。

ちなみに天井にいる竜は〝円球軒轅宝鏡《えんきゅうけんえんほうきょう》〟をくわえていて、皇帝にふさわしくない者が玉座に座ると頭上に落下する、と言い伝えられてきた。どことなく、コントで上から石油缶が落ちてくる画が思い浮かぶ。

そんな歴史的にも重要な場所である太和殿の前に、読子とナンシーが立った。

「広いですねぇ……ここで古書市を開いたら、さぞかし趣《おもむき》があることでしょうねぇ……」

どんな名所も、主観的なものさしで計ってしまう読子である。

場所がどこであろうと、どうせ集まる人種は同じ愛書狂である。本の奪い合いになって趣もへったくれも無いものだろうが。

「ここが故宮の中心よ。……早いとこ、嗅《か》いじゃって」

ナンシーが注意を払いながら、読子を急かす。

太和殿の前は広く、見晴らしがいい。つまりは発見されやすいのだ。

「わかりました……」

読子は、太和殿前に通じる階段に立った。

「くんくん……くんっ……」

目を閉じ、鼻を突きだして、夜気に溶けた香りの微粒子を探る。

土の香り、樹の匂い、埃《ほこり》と香の入り混じった大気に、夜そのものが持つ湿感が読子の鼻孔《びこう》をくすぐる。

読子は、調香師のような優れた嗅覚《きゅうかく》を持っているわけではない。だから、本好きの本能のような感覚を動員して、探すのだ。

生まれた時から身の回りにあった、紙の微粒子《びりゅうし》を。

「くんっ、くんっ、……すんすん」

正面からアップで捕らえれば、キスをせがむ乙女《おとめ》の表情に見えなくもない。しかし、鼻がぴくぴくと動く様は、ロマンチックからはほど遠い。

「………どう？」

これがダメなら、他の方法も考えなければならない。ナンシーはふらふらとうろつき回る読子に声をかける。

「すんすん…………………んっ？」

釣り人が、糸を通して獲物の引きを感じたように、読子の動きが変調した。眉間《みけん》に皺《しわ》が寄り、鼻孔《びこう》がぷくぷくと広がる。

「なに？　来た？」

「ちょっと、待ってください……え？　でも……」

ナンシーを抑え、読子がかすかに捕らえた匂《にお》いの欠片《かけら》に集中する。

だが、その表情はすぐに困惑へと変わった。

「……どういうことでしょう……？」

事態が把握《はあく》できないナンシーの顔も、困惑と苛立《いらだ》ちに満ちていく。

「なにがよ。どうなってるの？　見つけたの？　そうじゃないの？」

ナンシーが読子に近寄ろうと動いた。状況を説明させようと、肩に手を伸ばす。

しかし読子の身体《からだ》は、その瞬間に下へ沈んだ。

「えっ？」

読子は、石畳《いしだたみ》の上に四つん這《ば》いになっていた。

「ふんふん…………………くすんっ」

まさに犬のように、地面に鼻を近づける。ぐうっと突き出された腰は、はしたないことこのうえない。

「ちょっと、あなた……」

一言注意をしようとするナンシーに目もくれず、読子は這ったままで動き始めた。

「すんすん……おかしいな、なんで……」

その方向は、太和殿に通じる階段だ。

上段から、器用に四つん這いで階段を下りていく。コートを広げたその姿は、遠目に見るとなにやら昆虫じみている。

妙齢《みょうれい》の女性としては、親族、知人には見せられない姿である。任務に没頭《ぼっとう》すると、他のすべてが気にならなくなるこの性質は読子の美点であり、欠点でもある。

「あれぇっ？　なんでだろっ……ふふん……」

とりあえずケースを持って、その後につづくナンシーだ。こんなところを警備に見つかったら、いろんな意味でまずい。

階段を下りきった場所で、読子の動きが止まった。

「んー…………………」

しばらくそのまま、考えこむ。這《は》ったままで。

「いいかげん説明しなさいよ。なんだっていうの?」

業《ごう》を煮やしたナンシーに、ようやく読子が振り向いた。

「……ここ、なんです」

読子の指は、石畳《いしだたみ》を指している。

「そこが? なに?」

「ここから、ちょっとですけど……グーテンベルク・ペーパーの匂《にお》いが……」

石と石の隙間《すきま》をなぞる。ナンシーはじっとその間にできている線を見つめた。

「……………………」

無言で歩み寄る。

「あっ、あのっ! 別にふざけてるわけじゃっ……」

思わず頭を手で防御《ぼうぎょ》した読子だが、ナンシーは特に怒るふうもなく、読子の指した石の上に立った。

「ナンシーさん?」

今度はナンシーが読子を無視し、ブーツの踵《かかと》で軽く石を叩く。

カツカツと、乾いた音がした。

隣の石を叩く。同様に、軽く乾いた音がする。

「…………………………………」

ナンシーは思案顔になり、少し離れた場所に移動して、また石を叩いた。

グツッ、グツッ。くぐもった音が聞こえてきた。

「あのぅ～……」

行動が理解できない読子は、説明をねだるような目でナンシーを見た。

ナンシーは顎《あご》に手を当て、

「なるほど……そういうことね……」

つぶやきながら戻ってきたが、

「！　ナンシーさんっ⁉」

読子の手前で、その身体《からだ》をずぶっと地面に沈めてしまった。

石の圧力をわずかな間感じた後、ナンシーの肉体はぽっかりと開いた空間に落ち出ていった。次の瞬間、靴底《くつぞこ》が更に下にあった地面を捕らえる。

捻挫《ねんざ》しないように重心を移動し、着地する。

そこは、トンネルだった。

石が積まれたような古風なトンネルではない。コンクリートで舗装《ほそう》された、近代のものだ。

幅は乗用車がすれ違えるほど広い。高さも、三メートルほどはあるだろう。

両壁には、間隔をおいて照明灯が設置されている。このトンネルを今も誰かが使用している証拠だろう。

天井には、一〇メートルほどの直線が走っている。

「…………………」

ナンシーは、その線の意味を考え、周囲を見回した。


「ナンシーさぁん……もしもーし……」

一人残された読子は、地面を拳でノックしている。

刻々と過ぎていく時間は、比例して不安を高めていく。

「だっ、だいじょうぶですかっ⁉」

慌《あわ》てて紙を取り出し、構える。しかしそれでどうしたものかと、動きが止まる。

「なっ、ナンシーさんっ。だいじょうぶならだいじょうぶと、明るくお返事を……」

そこまで言いかけた時、目の前で地面が割れた。

「⁉」

石畳《いしだたみ》が両側に開いていく。

ぽかんと目を見開く読子の下に、空間が現れる。空洞だ。トンネルである。

その左側、壁に設置された操作盤《そうさばん》で、ナンシーがレバーを下ろしていた。

天井の一部がスライドし、トンネルへのスロープを作った。思わず正座していた読子を招き入れるように。

驚くべきは、そのほとんどが無音で行われたことだ。工事現場なみの騒音が聞こえてもおかしくない大からくりが、読子とナンシー、二人の会話よりも静かに動いた。

「……まあ、おかげで助かったけど」

ナンシーがその危険に気づいたのは、レバーを下げた後だった。自分らしくないミスである。トンネルの存在に少なからず驚いていたのだろう。

少なからず、どころか身体《からだ》中で驚いている読子に、声をかける。

「はやく下りてきなさいよっ。小さい頃言われなかったの？　開けたものは、きちんと閉めなさいって」

「はっ、はぁいっ！　今行き……」

読子はケースをひっつかみ、スロープを下りようとした。が、その足がからまって、

「いっ、いっ、いってればぼ！」

奇怪な叫びをあげて、倒れる。

不自然に正座した姿勢のままで、読子はそのままツーとスロープを滑り下りた。

「……まったく……緊張感のない……」

ナンシーはやれやれ、と首を振って、レバーを上げた。

「東京ディズニーランドの地下には、網目《あみめ》状のトンネルがある」という話を聞いたことがないだろうか。

それは、敷地の各所にあるレストランやカフェに食材や飲料水を運ぶために使用されるもので、スタッフは来園者たちのイメージを邪魔《じゃま》しないように地下を通るのだ、と言われている。ディズニーランド側は、その情報を公開していないので、真偽《しんぎ》は推測の域を出ないが、確かにトンネルの存在は、品切れすることのないフードやドリンクの搬入《はんにゅう》に俄然《がぜん》説得力を与えることになる。

しかし、まさか世界遺産である故宮、しかも紫禁城《しきんじょう》の真下、皇帝のお膝元にトンネルが建造されていたと、誰が想像したであろうか。

「そんなに古いものじゃないわよ。コンクリートとか、全然傷《いた》んでないもの」

ナンシーと読子は、トンネルの中を歩いている。

時折設置された監視カメラを避けての道行きなので、やや非能率的にはなるが、このトンネルが理由もなく建造されたわけがない。グーテンベルク・ペーパー奪還《だっかん》への大きな手がかりといえる。

「ふんふんっ……こっちですこっちですっ」

加えて、地下に潜ったことで他の書や骨董品《こっとうひん》の匂《にお》いが遮断《しゃだん》され、グーテンベルク・ペーパーの気配はくっきりと際《きわ》だった。

読子はまさに猟犬の嗅覚《きゅうかく》を発揮《はっき》し、初めて歩くトンネルの中を右に左にと進んでいる。

「間違いない？」

「間違いありませんっ。わんわんっ」

最後の返事は興《きょう》が乗ったせいもあるだろうが、それでも読子は確信していた。この敷地内に、グーテンベルク・ペーパーは存在する。中国上陸のその日に発見できるとは、運のいいことだ。

対して、ナンシーはそれほど楽観的ではない。

グーテンベルク・ペーパーがあるということは、それだけ周囲の警備が厳重になっている、ということだ。

自分と読子だけでは心もとない。位置だけを確認して一度引き返し、援軍を待つか？　などの選択肢《せんたくし》も頭をよぎる。

とはいえ、今夜ここにあるものが、明日もそうとは限らない。広大な中国で紙一枚を探し当てるのはそれこそ万に一つ、億に一つの可能性だ。

今夜にしても、六週間もの間危険にさらされ、情報を集め、街の光景に目をこらしてたどりついた結果なのだ。

それを考えると、やはり迷う。

「…………」

最悪、自分が脱出できればいい。

ナンシーは、そんな結論を出した。自分だけなら脱出は容易だし、読子が捕まっても救出のチャンスがある。任務の経緯も特殊工作部に報告しなければならない。

それらを考慮《こうりょ》すると、一番正しい結論に思える。

もちろん、グーテンベルク・ペーパーを奪還《だっかん》し、二人で故宮博物院を脱出できるにしたことはないのだが。

ナンシーは、頭の中でルートをマッピングしながら歩いていた。奪還後の逃走経路を考えてのことだ。

十数分も歩いただろうか、トンネルは枝分かれして、細い脇道に入った。

広さも、ビルの通路然としたものだ。ナンシーは警戒の念を高める。

「ああ、近い、近い、すぐそこ、すぐそこ。そこ、そこ。あはぁん」

比べて読子は、今にも走り出しそうに興奮していた。頰《ほお》も紅潮《こうちょう》し、口から出る言葉も熱っぽくなっている。

「待ちなさいよっ。ここで見つかったら、元も子もないでしょっ」

コートの襟《えり》を握って、読子を止める。

どうにもこの女は、状況判断能力に問題がありすぎる。

「そ、それはそうですが……」

ナンシーは読子をつれて、通路の角に身を潜めた。

「近いの？」

「もう、すぐそこだと思います……」

ぶんぶんと読子が頷《うなず》く。瞳は珍しく強い自信の色を湛《たた》えていた。

「だとしても、ドアを開けて〝こんにちはー〟ってわけにはいかないわよね」

腿《もも》に装着していたホルスターから銃を抜き、スライドさせる。いきなりの動作に読子の表情が強ばった。

「ここはひとつ……」

場所が地下である以上、空調設備は必須《ひっす》だ。通路を見渡すと、案《あん》の定《じょう》通風口のダクトが目に入った。

「王道といきましょ」

ナンシーは、読子にウインクを投げた。


「……なんか、不公平な気がするんですがっ……」

読子は、通風口の中をもそもそと這《は》っている。埃《ほこり》でコートも汚れ放題だ。

「適材適所よ。悔しかったら、スリ抜けてみなさい。私、狭い場所は嫌いなの」

先行して通風口の壁から、ナンシーが顔を出す。透過《とうか》能力を使えば、壁の中を〝泳いだ〟ほうが早いのだ。呼吸はもちろん必要だが。

それでも窮屈《きゅうくつ》で、あちこちに頭や肩をぶつけ、かつ真っ黒に汚れながら進む読子としては、うらやましさを隠せない。

「スパイといえば通風口よ。文句言ってないで、方向は？」

「まっすぐから、来てますが……」

歩くに比べて、通風口を這い進むのは格段にスピードが落ちる。読子たちはさらに十数分をかけて、ある一室の上に到達した。

灯《あか》りが差し込むネットから、そっと顔を出す。真上から、ナンシーもそれに続いた。

そこは、実験所のような空間だった。あるいは工房、というべきか。

壁一面には薬品が並んでいた。アンプルあり、錠剤《じょうざい》あり、破れかけた紙がへばりついた、古い瓶《びん》も混ざっている。

筆、刷毛《はけ》、補修用の紙にピンセット、スプーン、メス。

パソコンのモニターが並び、計算ソフトやモデリングされた本がその中で稼働《かどう》している。

台車でガタガタと、古本が運ばれてきた。古本といってもゆうに五、六世紀の歳月を経ていそうな骨董品《こっとうひん》だ。

白衣に身を包んだスタッフが、目と口を被うタイプのマスクを着用し、中央に置かれたテーブルの周りを行き交う。

そう、中央には大きなテーブルが置かれていた。

さらにその中心に鎮座《ちんざ》しているのは、まぎれもない、グーテンベルク・ペーパーだ。

大英図書館から持ち出された時とほぼ変わらない。唯一違う点をあげるならば、アクリルのプレートが外されていることだ。

直《じか》に大気に触れているせいで、読子もこれほど容易に在りかを探れたのだろう。

「……あれが?」

「はい……」

読子の喉《のど》が動いた。生唾《なまつば》を飲みこんだのだ。

どうにかグーテンベルク・ペーパーから視線を引き離し、周りを観察する。知っている姿――ファウストや王炎《おうえん》は見あたらない。

文面の解析《かいせき》にはファウストが欠かせないし、警備に王炎がいないのも気にかかる。

だが、それは逆にいえばまたとないチャンスだった。読子にとって、二人の不在は精神的にも安堵《あんど》できるし、敵の攻撃値も格段に下がる。

くわえて、他スタッフの出で立ちも、まぎれこむにはもってこいの格好だ。

さらに、ナンシーの能力があれば……。

まぎれもない、好機だった。

「実験でも始まるのかしら？　なんだか慌《あわ》ただしいけど」

眼下の様子を見て、ナンシーがつぶやく。

その可能性は高い。読仙社《どくせんしゃ》にジギーのような人材がいるかは未確認だが、こと製紙技術に関しては英国よりずっと古い歴史を持つ国だ。特殊工作部より数段上の研究結果を出しても不思議ではない。

そしてそれは、決して英国の有利には働かないだろう。

なにより、そういった実験が行われるとすれば、ファウストや王炎が現れる可能性も高まってくる。決断は早いほうがいい。

「どうする？　今夜、やる？」

ナンシーが読子を見つめ、珍しく意見を聞いてきた。しかし、彼女は彼女なりの結論を、既に心中に持っているようだった。

読子は間をおかず、返答した。

「やりましょう」

故宮博物院にグーテンベルク・ペーパーが運び込まれたのは、一昨日《おととい》のことである。

もちろん、それは極秘《ごくひ》のうちに行われた。博物院のスタッフも、その事実を知っている者は片手の指にも満たない。

そもそも宮内の地下にあるトンネルも、身内にさえ知らされていないのだ。読仙社は特殊工作部以上に影の存在なのである。

ゆえに、この研究室に集まっている人間は、事情を深く知る者ばかりであった。

彼らは、現在日本に飛んでいるファウストが戻り、解読を始めるまでに〝下調べ〟をすませておく任務を帯びている。

印刷工、製紙学者、インクの調合人、筆跡鑑定士《ひっせきかんていし》、歴史家に考古学者と、およそ関連のありそうなジャンルの人材がひとしきり、内密に集められている。

彼らの半数は、アイマスクとイアーウィスパー着用で移動してきたため、自分たちがどこにいるのかも知らされていない。

不思議と、それに抗議する者は少ない。

自分が刃の上に立たされているなら、それと知らずに渡りきったほうが、余計な恐怖も抱かずにすむ。

だが、そういった混成部隊は、チームワークの面でやや軋《きし》み始めている。

「今日は、ぜひとも表面処理の実験から始めたい」

「それは、筆跡鑑定の後だ！　インクが滲《にじ》んだら、文面まるごとが台無しだぞ！」

「キルリアン数値の測定機は、まだ運ばれてこないのか？」

「無闇にプレートを外すなよ！　ただでさえ風化が心配なんだから！」

それぞれの主張が、それぞれの方向から飛び交う。

グーテンベルク・ペーパーが持ち込まれてからは、ずっとこうだ。決断を下す者が留守にしているせいで、パワーバランスが保てない。

警備スタッフは、そんな分析《ぶんせき》チームを遠巻きにして、壁際から眺めている。誰でもいいから早く決めろよ、また今夜も無駄に時間がすぎるのかよ、というのが彼らの胸の内である。

中の一人が、時計を見た。あと二〇秒で、深夜一時になる。

秒針をじっと見つめているうちに、あることに気づいた。

スタッフの中に、同じように、時計を見つめている者がいたのだ。

着用しているのは全員同じ白衣なので、誰かはわからない。ネームプレートも、ちょうど手前に立つ別のスタッフで隠れている。

なぜそれが気になったのかというと、そいつは、他と異なるメガネをかけていたのだ。

時に劇薬《げきやく》などを使用するため、分析チームは目、鼻、口を被うプラスチックのマスクを着けている。

そいつは、その上からメガネをかけているのだ。視力が悪いにしても、奇妙である。

警備スタッフは、目を細めてそいつを見た。

白衣の胸元が、盛り上がっている。女らしい。

「？」

どこの所属だ？　身を動かしてネームプレートを見ようとした時、秒針が深夜一時を指した。同時に、女が壁に向かった。

次の瞬間、室内の照明が消えた。

「！」

「なんだ⁉　停電か⁉」

地下ということも手伝い、室内は一瞬、完全な闇に包まれた。

すぐに非常灯が光る。防犯のため、一秒以上闇が続くと自動的に切り替わるように設定されているのだ。

赤い光の下で、恐怖感をかき消すように怒号が飛んだ。

「なんだ、今のは⁉」

「警備！　しっかりしろ！」

「誰のせいだ？　ふざけてるんなら、ただじゃおかねぇ！」

赤と黒に彩《いろど》られたその光景は、不安と緊張を高めるのに十分だった。

「全員、動くな！」

その中を、胴間声《どうまごえ》が貫《つらぬ》いた。

声の主に、視線が集まる。同時に、灯りが通常灯に戻った。

一人の男と、一人の女が立っていた。

黒ずくめのほっそりした女と、くすんだ柿色《かきいろ》の僧衣《そうい》をまとった男である。

女の指が、通常灯のスイッチに触れていた。

「誰だね、君たちは？」

「なんの冗談だ!?　誰の許可でここへ……」

僧衣の男が、歯を見せて笑う。

「俺たちのことより、そっちを見なよ」

指さした中央のテーブルには、あるべきはずのものが無い。グーテンベルク・ペーパーがプレートごと、消えていた。

「!?」

声にならない驚愕《きょうがく》が、一瞬で部屋に満ちる。

「誰だ!?　どこへ隠した!?」

「裏切りだ！　全員、動くな！」

警備スタッフが銃を抜く。うち一人は、黒ずくめの女に銃口を向けていた。

「おいおい、早まるねぇ。うろたえちゃ、敵さんの思うツボよ」

男は悠然《ゆうぜん》と、顎鬚《あごひげ》を撫《な》でている。名前すら名乗らないが、明らかにこの場を取り仕切っているのは、この男だ。

女のほうは、銃口を向けている警備スタッフを睨《にら》みつけている。常人に比べて黒が遥《はる》かに多い瞳に、ともすれば吸い込まれそうな錯覚《さっかく》がある。

「銃は、外したほうがいいぜぇ。墨蕾《ぼくえい》は俺と違って、気が短けぇんだ」

女は墨蕾、という名らしい。

しかし、正体も確認できないままでは、スタッフも銃を外せない。

しばらく、二人のにらみ合いが続いた。

「…………………………者……」

口を開いたのは、墨蕾のほうだった。

「なに？」

聞き返した言葉がまだ宙を漂っている間に、スタッフの視界が黒一色になった。

なにが起こったかわからない。思考がまとまる前に、目に激痛が走った。

「あっ！　あっ！」

取り落とした銃が暴発し、天井に銃弾が撃ち込まれた。他の人間が思わず身を屈《かが》める。

「……言わん、こっちゃねぇ」

男が苦笑した。男以外の者は皆、恐怖を顔に貼り付かせている。

墨蕾という女は、近くでなければ聞き取れないほどか細い声で「無礼者」と呟《つぶや》き、次の瞬間、口から濃い霧《きり》を吹いた。それが墨《すみ》、しかもただの墨でないことは、今なお地面でもがいているスタッフを見れば明らかだった。

「！　！　たす、けっ……！」

真っ黒になった男の顔は、ヤケドのように爛《ただ》れている。墨蕾の墨には、猛毒にも似た効果があるのかもしれない。

「キツいだけだ。死にはしねぇよ。……滅多にな」

他のスタッフが慌《あわ》てて銃を下ろす。うち何人かは、哀れな同僚《どうりょう》に駆け寄った。

「さて……と」

男は僧衣の懐《ふところ》に手を突っ込み、六枚の札を取り出した。

「説明する前に、ちくっと貼らしてもらおうか」

なにやら文字の書かれた札を、部屋の四方と天井、床に飛ばす。札は釘《くぎ》で射止められたかのように、貼り付いた場所から離れない。

「こいつは、見りゃわかるよな。簡単な結界《けっかい》よ。異国の相手でも、ちょっとは効くぜ。二秒か三秒は、足止めできる。それだけありゃあ……」

片手で持っていた巨大なケースを、テーブルに置く。テーブル自体が激しく揺れた。

「頭をかち割るにゃ、十分だ」

楽しそうに、部屋の全員を見回す。

「あの……あなたたちは、いったい？」

一人の勇気あるスタッフが、男に訊《たず》ねた。困惑ここに極まれり、といいたげな顔で。

「おう。なんつったかな。……あの、ニヤけたヤツ……」

「………………王炎………………」

男の言葉を、墨蕾が補足する。

「それそれ、王炎だ。あいつに雇われた掃除人よ。〟近く、グーテンベルク・ペーパーを探して二匹の虫が入り込むから、そいつを捕まえといてくれ〟ってな」

新たな驚愕《きょうがく》が走った。

王炎は、この場にスタッフを集めた張本人《ちょうほんにん》である。だがグーテンベルク・ペーパーが搬入《はんにゅう》されて以来、不思議と姿を現していない。

「ヤツは、面が割れてるからって言ってたな。まったく、性格の悪いヤツだ」

「どういうことだ……？　つまり、敵方のスパイが今、照明を消してグーテンベルク・ペーパーを盗んでいったというのか？」

「そう言ってるだろ。想像力の足りねぇヤロウだな」

男は眉《まゆ》をぴくぴくと動かすが、不愉快そうな素振《そぶ》りはない。

「なら、さっさと捕まえろ！　消えたのは一瞬だ、まだ部屋の中にいる！」

「なぁ、おい」

男が、声を荒げたスタッフの白衣を摑《つか》み、強引にマスクをもぎ取った。

「俺の依頼主は王炎だ。だから、ヤツの言うことだけは聞いてやる。だがな、オマエら〝小道具〟にデカい口を叩かれるスジはねぇんだ」

硬く大きな親指が、スタッフの頬骨《ほおぼね》をめき、と押した。

たちまち激痛に、スタッフの目が裏返る。

「ひっ、ひいっ！　ひひぃっ！」

男はゴミのようにスタッフを投げ捨てる。

「小道具…………？」

男の呟《つぶや》いた一言を、スタッフの一人が繰り返す。

「あぁよ。釣りをする時は、ルアーを作るだろ？　虫そっくりに仕上げてな。罠《わな》を仕込む時は、きちんと仕掛けねぇとな」

「俺たちは、騙《だま》されてたのか？　その、二人の敵をおびき寄せるエサにされたのか？」

「エサはグーテンベルク・ペーパーだよ。おまえらはエサですらねぇ。ただの、小道具だ」

男は愉快そうに笑っている。墨蕾は、各人が浮かべる失望を黒い瞳で見つめている。

「小道具……!?　我々は、各分野の優秀な人材だぞ！　こんな、バカにされて……この先協力してもらえると思うなよ！」

老いた男が、自らマスクを脱ぎ捨てた。皺《しわ》だらけの顔が、怒りに赤くなっている。

「ジイさん。ここは中国だぜ。人材だけは、掃いて捨てるほどあるんだよ」

男が一言で斬《き》って捨てる。

ふわぁ、と墨蕾が口を開いた。張りつめた空気を意に介さない、欠伸《あくび》だった。

「どうやら、墨蕾はもう眠いみたいだな。じゃあさっさと仕事を終えるか。おい、スパイ。いるんなら、前に一歩出ろ」

当然ながら、男の言葉に答える者はいない。

「まあ、そうだろうな。しょうがねぇ……」

男は、ケースをだんだんと叩く。玩具《おもちゃ》を自慢する子供のように。

「一人ずつ、剝《む》いて痛めつけて尋問《じんもん》していくか」

「！」

男は、力を誇示する少年のように、粗暴《そぼう》な空気を楽しんでいる。

その時である。

白衣のスタッフの一人が、床に倒れた。

「っ！」

恐怖に失神したのではない。よくよく見れば、倒れた、というわけでもない。

彼女は、床に沈もうとしたのだ。

「そこかっ！」

袂《たもと》から筆を取り出し、男が投げる。太い釘《くぎ》のように先が尖《とが》った筆が、女めがけて飛んでいった。筆の先端が、今まさに女に突き刺さらんとした瞬間。

空間を、高い音が満たした。

キィィン、と耳に刺さるような音だった。

「んうっ?・」

宙で弾かれた筆が、床に刺さる。それを弾いたのは、一枚の紙だった。

「……紙…………?・」

周囲の視線が、紙が投じられた方へと向けられる。そこには、マスクの上からメガネをかけたスタッフが立っている。

彼女の腕は今まさに紙を投げたといわんばかりに上がっていた。

「墨蕾!」

男が声をはりあげる。

「こいつは俺が引き受ける!　おまえは女を頼むぜ!」

「……………………了解……………」

床に沈もうとした女――ナンシーは、上体を後ろに逸《そ》らし、再度立ち上がった。

白衣は脱ぎ捨てられ、黒のレザースーツ姿に戻っている。そしてその豊かな胸元には――プレートに挟《はさ》まれた、グーテンベルク・ペーパーがあった。

警備スタッフの銃口が、一斉にナンシーへと向いた。

「撃て!」

周囲にいたスタッフが、慌《あわ》てて伏せる。しかし当のナンシーは、平然と立ったままだ。

そして発射された何十発もの銃弾は、ことごとくナンシーの身体《からだ》をすり抜けて、背後にあった薬品の瓶《びん》を粉々にした。

「やめねぇか！　紙をどうにかしちまう気か！」

男が銃声を上回る声で恫喝《どうかつ》した。一斉射撃はぴたりと止まった。

「……ザ・ペーパー……」

「はいっ」

ナンシーの声で、メガネをかけていたスタッフ——読子・リードマンが現れる。何百枚もの紙を身にまとい、スタッフと同じ姿に変装していたのだ。

彼女が電源を切った瞬間に、天井に潜んでいたナンシーが落下し、グーテンベルク・ペーパーをかすめ盗った。

が、罠《わな》を張って待ち受けていた二人の出現で、逃亡のチャンスを逃してしまったのである。

特に、結界《けっかい》を張られたのは痛かった。

ナンシーも、初めて味わう、予想以上の抵抗感に困惑していた。

時間をかければ透過《とうか》は可能だ。しかし、この二人が瞬刻《しゅんこく》とはいえ、その猶予《ゆうよ》を赦《ゆる》すとは思えない。

なにより、今夜のうまく行きすぎる段取りが、すべて用意された罠だったとは、不快な事実だった。

「やっぱりね。……そんなに世の中、甘くはないのよ」

苦笑しながら、ナンシーは読子のほうに近づいていく。

男は墨蕾と並び、瞬時たりとも二人から視線を外さない。

読子の紙ワザ、ナンシーの銃弾すり抜けを見た他のスタッフは、自分たちが異質の戦いに巻き込まれたことを知り、部屋の隅に縮こまる。

「……ナンシーさんは、脱出してください。グーテンベルク・ペーパーを外へ！」

「気楽に言わないでよ。あの坊さんのおフダ、並のもんじゃないわよ」

読子が、男を見つめたままで答える。

「私が、道を作ります！」

強い決意の感じられる声だった。出会って初めて、読子がナンシーの上に立った言葉を発した。

今の会話は、英語で行われた。理解した者もいただろうが、対峙《たいじ》した二人はなんら変化を見せない。読子たちがどんな手段に出ても、捕らえる自信があるのかもしれない。

「…………………」

無言で対峙する四人。

最初に動いたのは、墨蕾だった。

長い前髪がはらりと揺れ、唇がわずかにつぼめられる。

「！　隠れて！」

読子が反応できたのは、事前にその墨《すみ》が、警備スタッフに向けられたのを見たためである。

次の瞬間、猛毒の墨が墨蕾の口から広がった。

読子は回転しながらコートを脱ぎ、間にそれをかざした。読子の背後にナンシーが回りこむ。墨はその大半が、読子のコートに防がれた。

特殊工作部の特製コートは、劇薬《げきやく》の墨にもよく耐えた。多量にかかった箇所《かしょ》には穴も開いたが、読子たちまで被害は届かない。

「ほう！」

読子が見せる一連の動きに、男がむしろ、感心した声をあげる。

「なかなかやる！」

墨蕾が顔をしかめる。

しかし読子の動きはそれで止まらなかった。彼女はコートの裏地にあるポケットから、黒っぽい紙を抜き取った。

戦闘用紙二七番―B、『ブローン・アウェイ改』。かつてねねねが誘拐《ゆうかい》された事件の際、シザーハンズ相手に使った紙の改良版である。

黒色火薬をコーティングした〝紙の爆弾〟は、読子の能力でその名の通り、爆発する。

読子はコートの影に隠れて『ブローン・アウェイ改』を壁に飛ばした。男が壁に貼り付けた札を、『ブローン・アウェイ改』が隠す。

「せいっ！」

読子は袖口《そでぐち》からスライドさせた紙を片手で、しかも一瞬で紙飛行機に折り上げる。後ろから見ながら、ナンシーは舌を巻いていた。その俊敏な動き、反射神経。ショーウィンドゥにはりついて涎《よだれ》を垂らしていた女と同一人物とは思えない。

読子の放った紙飛行機は、爆弾の点火スイッチを入れるように、『ブローン・アウェイ改』の中心を突いた。

途端に、黒い紙は火炎をあげて燃え上がる。その下の、結界《けっかい》の札を道連れにして。

「ナンシーさんっ！　今ですっ！」

読子が言うまでもなく、ナンシーはもう走り出している。壁に描かれた、炎の四辺形めがけて。躊躇《ちゅうちょ》なく、その中心めがけて飛びこむ。猛獣が、サーカスの火の輪をくぐり抜けるように、華麗なフォームで。

この間、瞬き一つの時もあったろうか、ナンシーは壁の向こうに消えていた。

「追え！」

男が声をあげる。不思議と焦《あせ》りの色はない。視線は読子に向けられたままだ。

読子たちの動きをトレースするように、墨蕾が男の後ろをすり抜けた。

「行かせませんっ！」

読子が、両手の指に挟《はさ》んでいた紙飛行機を投げつける。

「ふんっ！」

テーブルの上に置いていたスーツケースを、男が持ち上げる。二メートルを越す巨大なそれは、バリケードとなって紙飛行機を防ぐ。

しかし、驚く余裕《よゆう》などない。男の後ろで、墨蕾が墨《すみ》の瓶《びん》を取り出し、壁に叩きつける。壁に黒い華《はな》のごとく、墨の跡が広がった。

墨蕾は数瞬前のナンシーを真似《まね》るように、その華の中心に潜っていった。

「…………………!」

読子がぽかんと口を開ける。ナンシーと同じ、透過《とうか》能力!?

心の声を見透かして、男が笑った。

「……仙術の類《たぐい》よ。おめぇは紙を使うらしいが、墨蕾は墨。そしてこの俺は……こいつだ」

ばぎん。豪快な音をたてて、ケースの留め金が外れた。

勢い、刺さっていた紙飛行機はぼとぼとと床に落ちていく。

読子に向かって、ケースが開けられる。その中には、長さ二メートル、太さ五〇センチはありそうな、巨大な筆が二本、おさまっている。

「…………………」

筆というには大きすぎる。太すぎる。たくましすぎる。

朱色の光沢《こうたく》は、残り火の光を浴びてぎらぎらと輝いている。なにをさしおいても凶悪なのは、二本の柄尻《ふさわ》を繋《つな》ぐ鎖だ。その姿はあたかもヌンチャク。筆の概念から大きく外れ、凶器と断言するが相応しい。

「筆だ」

「……筆じゃありません、それ……」

思わず圧倒された読子が、かろうじてつぶやく。

男はそれを完全に無視し、ケースから筆を取り出した。

ぶぉん。振り回した巨体が風を切る。風圧で、紙飛行機がカサカサと動いた。

「紙は墨蓄にまかせるとして……おまえの相手は、この俺だ！」

片方を背に回して、両腰の脇に抱え込む。

よくよく見ると、筆の柄からは垂直に一本、細い棒が突き出て、男はそれを握っている。

ますます筆の境地から離れていく逸品《いっぴん》に、読子は戦う前から圧倒される。

しかし、肝《きも》を抜かれたのは読子だけではない。

居合わせたスタッフは全員、これからなにが始まるのか、逃げるのも忘れて見つめている。

「……こいつぁ、今日おろしたての新品でな。これが本当の筆おろしだ」

突然突きつけられた下のネタに、読子が一瞬凍った。

そしてこの時、読子はあることに気がついた。この男は、途中から日本語を喋《しゃべ》っている!?

「景気をつけて行こうぜ！」

男がレバー――つまり棒を捻《ひね》った。

その動きで、毛先がばっ！　と開く。中から現れたのは、ガトリング銃にも似た、竹筒をまとめたものだった。

その筒から、

「くらえぇぇっ！」

細身の筆が、銃弾のように発射された。

意表をつかれた攻撃に、読子が思わず伏せる。

筆は頭上の空間を突き抜けて、薬品棚を粉砕《ふんさい》していった。

「！　！　！」

その光景を見て、スタッフの一部が顔面蒼白になる。

彼らは金魚のように口を開閉し、どうにか叫んだ。

「！　……ニトロっ！」

それで十分だった。部屋に満ちた恐怖を、次の瞬間、爆音が吹き飛ばした。


時はわずかに溯《さかのぼ》る。

読子のサポートで、壁をすり抜けたナンシーは、前転しながら廊下《ろうか》に転がり出た。

プレートに目をやる。損傷はない。

今夜のことが罠《わな》だとすれば、このプレートもフェイクでは？　との考えが頭をよぎったが、男たちの口調にそれを匂《にお》わせるものはなかった。

読子にしても、あれだけ長時間観察する時間があったのだ。フェイクなら違和感ぐらいは感じていただろう。

言い換えれば、たとえ本物をエサに使ったとしても、あの二人なら回収が可能だ、とさらに上にいる者たちは判断していたのだ。

仙術。

その響きに寒気がした。

自分たちの能力と、彼らの能力にどんな違いがあるのかはわからない。

しかし、あの男が作った結界《けっかい》は透過《とうか》能力に有効だった。崔《つえ》たちのようなマフィアとはランクが違う、戦慄《せんりつ》すべき敵との遭遇《そうぐう》である。

そんな敵を相手に、読子はどうなるのか？

「…………………………」

いけない。今はなによりも任務を優先するのだ。ついさっきまで、そう決めていたではないか。自分が逃げおおせれば、読子救出の機会も出てくる。

……たとえ彼女が死んだとしても、任務だけは成功する。

コンマ五秒で考えをまとめ、脱出にかかろうとした時。

抜け出てきた壁に、黒い染みが広がった。

「!?」

紙に垂らした墨《すみ》のように、染みは徐々に広がっていく。

だがしかし、当然ながら、廊下《ろうか》に自分以外の姿はないのだ。壁の中から、なにかが出現しようとしている。

味方であるはずがない。

ナンシーは正体すら見ない間に、走り始める。

背後で、ぼっとりと液体が床に落ちる音がした。

一度だけ、振り向くことを自分に許す。

すぐに、見なければよかったと後悔した。

壁から垂直に、女が上半身を乗りだしている。部屋の中で、墨蓄と呼ばれていた女だ。毒の墨《すみ》のみならず、透過能力も使えるらしい。

壁飾りの剝製《はくせい》のように、身を突きだしていた墨蓄は、じっとりとした目でナンシーを見た。にぃっと笑った口から、墨の雫《しずく》が床に落ちる。ナンシーが耳にしたのは、この音だったのだ。

何年も感じなかった感覚が、腹の底から沸き上がってくる。

夢の中で、お化けに追いかけられるような。

森の中で、夜、迷子になってしまったような。

闇の中で、得体のしれないものから睨《にら》まれているような。

その感覚の名は、恐怖。

ナンシーは意志の力でそれをねじ伏せ、横の壁に飛び込んだ。

こと潜入と逃亡に関する限り、自分の右に出る者はいない。あの女にしても、透過には墨が必要らしい。

あの染みに注意していれば、必ず逃げ切れる。

「……………………………」

びちゃっ、と墨溜《すみだ》まりの音を立てて、墨蓄が廊下《ろうか》に降り立つ。

紙を使った女は、会話の中で〃ナンシー〃と言っていた。おそらくそれが、あの壁抜け女の名前だろう。英語はわからないが、人名ぐらいは判別できる。

ナンシーは、壁に消える前に少しだけ、墨蕾を見た。

その顔に恐怖が浮かんでいたのが、はっきりとわかった。

恐怖と共に逃げる者は、捕まえるのも容易《たやす》い。

しかも、故宮は自分たちの庭である。ナンシーは自分の能力に優位性を感じているだろうが、地の利は自分たちにある。

墨蕾は歪《ゆが》んだ笑いを浮かべ、狩りに出かけた。

薄気味悪いことに、足音がしない。墨蕾の歩き方は異常だった。足が、まるで動かないのだ。氷の上を滑るように、垂直な身体《からだ》がそのまま前へ移動していく。足音どころか、物音ひとつ立てない。

これなら、背後まで近づいても、誰にも気づかれないことだろう。


ナンシーが飛び込んだ先は、地下倉庫のようだった。

細い鉄骨で組まれた棚《たな》に、木やジュラルミン、硬化プラスチックにビニール、様々なケースが並んでいる。大きさもまちまちで、およそ統一感がない。

まるで、手当たり次第にかき集めてきたような……。

歩きながらも、ケースに貼られたプレートを確認していく。

そこにある文字は、英語、フランス語、ロシア語、韓国語、日本語……ケースに劣らず多種多様だ。

「……盗品？」

輸入品ならば、地下に保管しておく必要はない。

「いったい、なにを……」

疑問が頭に渦巻《うずま》くが、今は確認している時間がない。こうしている間にも、

「!?」

足首を捕まれた。

見下ろすと、自分の影の中から、手が突き出ている。

棚の向こうから影に重なるように墨《すみ》を流し、その中を伝ってきたのだ。

ずぶずぶと、沼から浮上する溺死体《できしたい》のように、墨蕾の頭が現れる。口が出ると同時に、墨蕾は言った。

「……………………逃がさない……」

ナンシーは意識を固め、足を〝すり抜け〟させる。墨蕾の手から自由になったその動作で前方に転がり、銃を抜く。

低い構えで、床から生えている墨蕾の首に向かって引き金を引いた。

しかし、それを予測していた墨蕾はわずかに早く、墨の中に戻る。ナンシーの銃弾が捕らえられたのは、彼女の髪の毛だけだった。

足首に、生々しい感触が残っている。

ブーツの上からでも、凍るような冷たさがわかった。

なにかがきしむ音が、右から聞こえた。

「！」

頭上から、影が降ってきた。荷物ごと、棚《たな》が倒れてきたのだ。

バランスを崩《くず》したケースがまず、ナンシーに落ちてきた。

棚はとなりの棚へとよりかかる形になり、ドミノを倒すように順番に倒れていく。

室内を、凄《すさ》まじい轟音《ごうおん》が支配する。

潰《つぶ》されたケースの破片が壁に跳ね返る。もうもうと、埃《ほこり》が大気にまき上がる。

荷物をすり抜け、棚の残骸《ざんがい》の上へと泳ぎ着いたナンシーは、散乱した中身を見た。

「…………ヤシュパル？」

インドの彫刻家、ヤシュパル作のシッダールタ像があった。今の衝撃《しょうげき》で破損しているが、贋《がん》作《さく》には思えない出来栄えだ。

しかし、シッダールタ像はニューヨーク美術館が保存しているはずである。

「……！」

あるいはこれが、読仙社の資金源となっているのかもしれない。

「…………………………」

至近距離で、息を吸う音が聞こえた。

真後ろだ。

「っ！」

反射的に振り向いてしまったが、それは判断ミスだった。真下に沈むべきだったのだ。彼女が戸惑った理由は、墨蕾の奇怪な攻撃からくる根元的な恐怖感だった。

ナンシーの顔めがけて、墨蕾が毒の墨《すみ》を吹く。

ナンシーは、手に持っている唯一の盾《たて》でそれを防いだ。グーテンベルク・ペーパーのアクリル板である。

たちまちアクリルの表面が、墨に彩《いろど》られる。

「…………………っ！」

わずかにかかった墨で、耳に激痛が走った。

アクリルのプレートは、特殊工作部の制作したものだが、さすがに「軍の攻撃でも耐えうる」と〝お墨付き〟されているだけのことはある。墨蕾の毒墨にも、なんら損傷はしていない。文字通り墨にまみれたのは皮肉な結果だが。

半分本気、半分演技で身をねじり、銃を抜き、墨蕾に向ける。

「なっ⁉」

防がれたのは計算のうちだった。しかし、これほど早く反応してくるとは意外だった。

急いで首を大きく倒す。目の前で一発、銃声がした。

左耳に痛みが走る。

当てた手に、真っ赤な液体が塗られていた。血だ。

自分から、墨《すみ》以外の液体が滴《したた》っていることに、激しい衝撃《しょうげき》を感じた。耳の上の部分が、銃弾で削《けず》りとられている。

チン。弾丸切れを報《しら》せる小さな音が、銃から聞こえた。状況が状況とはいえ、残弾《ざんだん》を把握《はあく》していなかったのは不覚だった。もう一発あれば、この女に留めをさせたものを。

急速に、ナンシーの耳に痛みが広がってきた。

出血はないが、爛《ただ》れてはいるかもしれない。

二人の女は共に左耳を押さえて、距離を取った。

「…………………」

無言で睨《にら》みあう。

膠着《こうちゃく》状態は、ナンシーの不利だ。事態が発覚した以上、故宮博物院のスタッフも読仙社のメンバーもやって来る。

一秒ごとに、脱出は困難になっていく。

「…………………赦《ゆる》さない……」

墨蕾が耳から手を離す。

前に出した指の先から黒い墨、赤い血が入り混じって、落ちた。

「…………………おまえは、いらないほうだ……」

静かだが、怒りのこもった声である。

いらないほう？　墨蓄の言葉をナンシーが考える。ということは、もう一人は〝いるほう〟になるのか？　そしてそれは、読子のことなのか？

「…………………黒く、塗りつぶしてやる……」

ナンシーはこの時、致命的な危機に気づいた。

透過《とうか》能力には自信があるが、今自分が立っている位置が、不利なのだ。

自分たちが立っているのは、棚《たな》とケースの残骸《ざんがい》の上である。

壁からは三メートル以上離れている。攻撃を回避するには、下に潜るしかない。

だが、その動きが〝沈む〟垂直移動である以上、どうしても上半身が遅れ、墨蓄の前に長く顔をさらすことになる。

これが壁なら、動きは水平移動になり、いち早く全身を隠すことができるのだ。

コンマにしても何秒も差はないだろう。

だが、そのタイムラグを墨蓄が見逃すわけがない。

へたに視界をやられたら、完全に捕まる……。

ナンシーの背を、冷たいものが走った。

その考えに気づいたのか、墨蓄が笑った。

「……………………おまえの血から、朱墨《しゅぼく》を作ってやる……」

言い終えた瞬間に、部屋そのものが大きく揺れた。

最初に出現したのは、音だった。

深夜の故宮、静謐《せいひつ》なその空間を轟音《ごうおん》が制圧する。

千本の雷を束ねたような、百匹の竜が吠えたような、一万の銅鑼《どら》を鳴らしたような、大音響が故宮から静寂を引き剝《は》がす。

宿泊所で、仮眠を取っていた警備員がはね起きた。

「⁉」

ずずず、と床が揺れた。寝台から下りようとしていた男たちが、そのまま倒れる。

「地震かっ⁉」

「地震⁉　こんなにすごいのかっ⁉」

大陸の奥で育ち、生涯《しょうがい》に一度も地震を体験したことのない男が悲鳴をあげる。

「いや、…………火事だっ！」

窓の外を見た、別の男が叫んだ。

北西の方角、遙《はる》か彼方《かなた》にある陶磁館の方面から、大きな火の手が上がっていた。

不謹慎《ふきんしん》ではあるが、さぞかし壮観だったに違いない。

歴史と威厳を伴った中華帝国の中枢《ちゅうすう》、紫禁城《しきんじょう》から夜空に向かって火柱が上がっているのだ。

それも一本ではない。時間差をおいて幾本もである。

北西の英華殿、南東の文淵閣、鐘粋宮、西三所、大小、新旧に拘《かか》わらず、建造物が次々に炎を噴き放つ。

建物だけではない、宙に飛んだ火の塊《かたまり》は院内の木々や花にも燃え移り、一面を火の海に変えていく。

原因は明白だった。

グーテンベルク・ペーパー解析《かいせき》ルームに持ち込まれていたニトロである。

しかしそれだけなら、これほどひどい爆発になることはない。問題となったのは、スタッフが集めた他の化学薬品だった。

あらゆる実験を想定して持ち込んだそれらが、ニトログリセリンに誘爆《ゆうばく》されたのだ。

火炎は廊下《ろうか》に飛び出し、トンネルを通り抜けて院内の各所へと向かった。

床板を吹き飛ばし、石畳《いしだたみ》を破壊して、荒ぶる炎の竜は地上に暴れ出ていく。

警備の管理ルームは静まりかえった。

スタッフの目の前で、監視《かんし》カメラのモニターが次々と消えていく。なにが起こっているのか？　飛行機でも墜落《ついらく》したのか？

何百年もの夜を過ごした城に、未曾有《みぞう》の災厄《さいやく》が降りたっている。

「警察！　消防！　軍に主席、あらゆる場所に報告！」

絶叫にも等しい命令をあざ笑うように、設置されていた最後の監視モニターが消える。

未だ地上に出ない火炎の竜が、トンネルの中を走っている。

その鼻面《はなづら》には、白い大きな玉が見える。

竜はそれを弄《もてあそ》び、転がすように、暗いトンネルを先へ先へと突いていく。

事実は、その玉が熱風で吹き転がされているのだが、その姿はやたらと幻想的に思え、逸話《いつわ》に出てくる竜と合致《がっち》していた。

よくよく見ると、その玉は紙でできている。

何百枚もの紙を貼り合わせた、運動会などで使う大玉に似ている。

もしその玉に近づける者がいたとするなら、中から聞こえる声にも気づいたことだろう。

「あ～～～～～～～～れぇ～～～～～～～～～」

弱々しい悲鳴が、炎の轟音《ごうおん》に飲み込まれては、消えていく。

炎の竜は、やがて最も太いトンネルへとその身を潜りこませた。

その先には、天井から下りたままのスロープがある。ナンシーと読子が、潜入する時に使ったものだ。天井の開閉とは別作動のスイッチがあるらしい。

「いや～～～～～～～～ぁ～～～～～～～～！」

紙の玉は、ごろごろとスロープを押し上げられていった。

すぐに天井につっかえるが、予想以上の強度があるらしく、ぐぐっと形をたわませる。

太和門から太和殿に向かう広い石畳に、変化が起きた。

ばきばきと石が割れ、舗装《ほそう》された地面は歪《ゆが》み、大きなヒビが走っていく。

火山が噴火するように、その割れ目を押し破って、火柱が出現した。

他のどれよりも大きな火柱だった。

「あ〜〜〜〜〜〜〜ぁ〜〜〜〜〜〜〜ぁ〜〜〜〜〜〜〜〜！」

そのてっぺんから、紙の玉が撃ちだされた。

耐久度も限界にきているのか、何ヵ所かが焦げ始めている。

「あああ〜〜〜〜〜〜！　どうなってるんですかぁ〜〜〜〜〜！」

中からは、なんとも頼りない女の悲鳴が聞こえた。誰かが聞いていれば、首をかしげることだろう。

天に向かっての咆哮《ほうこう》を終えた火柱は、静かにその身を消した。

同時に、紙の玉は太和門のほうに着地する。

「がにぃ！」

地面にぶつかると同時に、玉は崩《くず》れた。

中から、紙に埋もれた読子が顔を出す。黒い染みがついたコートと、いつものスーツケースを抱えている。

「ぶううっ！」

読子は頭をぶるぶると振って、まとわりついていた紙片を落とした。メガネについていた紙が無くなると、視界にとんでもない光景が飛び込んできた。

「………………うそっ……」

故宮内のあちこちで、火柱が上がっている。

あの研究室で、「ニトロ」の声を聞いた時、読子は反射的にケースから紙を取り出した。使用したのは『バブルボブル』という名の特殊用紙で、本来は飛行機からの地上降下などが目的である。多重構造の紙片が衝撃《しょうげき》を和《やわ》らげ、クッションの役割を果たすのだ。短時間なら耐熱、耐水効果もあり、臨時のシェルターとしても使用できる。

まさか、故宮の地下をこづき回される羽目になるとは思わなかったが……。

呆然《ぼうぜん》としながらもコートを着用し、周囲三六〇度を見回す。

焦げ付いた大気が、鼻を刺激した。

小一時間前にここで嗅《か》いだ、歴史の重みを感じさせる芳香など、微塵《みじん》もない。

「……ナンシーさんっ！」

パートナーの身に思い至り、大声を上げる。

しかし読子の声をかき消すように、西の方角で塔《とう》が爆発した。

四方に炎を撒《ま》き散らし、その身を瓦礫《がれき》とかえて崩れ去る。

「………………………！」

長く伸びた炎の先から、見覚えのある物体が現れた。

それは、まるで計算したように長い長い放物線を描いて太和門前の、読子からやや離れた場所に突き刺さる。

「……よおっ。さすがにしぶといな」

その姿を見て、読子はまた唖然《あぜん》と口を開いた。

突き刺さった物体は、あの研究室で見た巨大なケースであり、その上に、サーフボードのように乗っていたのは、あの〝筆使い〟だった。

「……まあ、お互いさまか」

男は、黒く汚れた顔をばりばりと掻《か》く。日焼けした肌のように、それは剝《は》がれて落ちた。

「墨蕾のヤツ、耐熱とか言ってたが……あんま効かねぇな、あの墨《すみ》」

相方から、火炎防御の特殊墨液でも借りていたのだろうか。それにしても、あの火炎の中をくぐり抜けてきた体力は常人離れしている。

男は故宮の惨状を眺めやり、大きく笑った。

「絶景だな。戦いの舞台はやっぱり、派手でなきゃあな！」

留め金を弾き外し、筆を石畳《いしだたみ》の上に転がす。反射的に読子が、紙を構えた。

「さて……とっ……」

男は筆の一方を握り、持ち上げた。

「ふんっ！」

構えるかと思いきや、そのまま力まかせに振り回す。

鎖がバキバキと音を上げて、きしんだ。

「！」

もう一方の先端が、唸《うな》りをあげて読子に迫る。男は、手首をひねり、柄の棒——操作を兼ねたグリップらしい——を回転させた。

すると、毛の中から鎌《かま》が出現した。

読子の目が大きく見開かれる。鎌の刃に、その青ざめた自分の顔が映っていた。

思い切って身体《からだ》を後ろに倒す。紙一重《かみひとえ》の空間を残して、読子の胸の上を鎌が通り過ぎた。

「！　……ぷはぁっ！」

倒れこみ、止めていた息を思いっきり吐き出す。もし、自分の胸があと一センチでも大きかったら……そう考えると、戦慄《せんりつ》を禁じ得ない。

「やるなぁ、姉ちゃん」

男は、戻ってきた筆をそのまま回して、腰に構えた。どうやらこれが、基本の攻撃態勢らしい。グリップの操作で、鎌が毛の中に消える。

仕込み杖、とは日本の時代劇でよく見る武器だが、仕込み筆、は思い当たらない。そもそも寸法からして、筆として使用できるものには思えない。

読子は息を整えつつ立ち上がった。

「……他の人は、どうしたんですか……？」

あの部屋にいた、研究と警備のスタッフのことである。

「？　さぁな。感づいてるヤツはどうにか逃げたかもな。もっとも、こちとらもてめぇの身を守るので精一杯だったしな。あんただってそうだろう？」

そもそもの原因を作ったのは自分のくせに、しれっとそんなことを言ってのける。その態度が読子には気にかかる。

「……こんな……こんなに、建物ごと巻き込まなくてもいいじゃないですか」

強まっていく火勢は、故宮の中央にいてもわかる。自分たちの周りに火が少ないのは、燃焼物が少ないからにすぎない。

早々に消化しなければ、この歴史的な遺産も灰と化すことだろう。

「知ったことかよ。俺が頼まれたのは、例の紙を守ることと、あんたを捕まえることだけだ。他のことは言われなかったし、聞きもしなかったよ。……あんたの相手のほうがおもしろそうだから、紙は墨蕾に押しつけたんだけどな」

男の態度は不可解だ。読子たちと敵対しながら、読仙社に毛ほどの配慮《はいりょ》も見せない。まるで今、この状況だけを楽しむかのように刹那《せつな》的だ。

そして、読子はもう一つのことに思い当たる。

今もまた、衝撃《しょうげき》と興奮のままに会話をしていたが、読子はまだ普通に会話ができるほど、中国語を会得《えとく》していない。

あの室内でも、そうだった。男は日本語を話しているのだ。

「あなた、日本人……」

答えの代わりに、筆が飛んできた。

「!?」

剣道では、達人と向かい合うと竹刀《しない》の先が膨《ふく》らんで見えるという。その先に、相手が隠れてしまうほどに大きく見えるという。達人の持つ威圧感が、そうさせるのだ。

しかし、今、目前に迫った筆先は、そのまま大きいだけであった。

破天荒《はてんこう》すぎる毛先が、読子に向かってくる。

読子は思わず、ケースを盾《たて》とした。

幾分か緩和《かんわ》されたものの、凄《すさ》まじい運動エネルギーが読子を吹き飛ばす。

「あひゃぁっ!?」

読子は後方にすっ飛んだ。受け身を取る間もなく石畳《いしだたみ》の上をごろごろと転がる。

ケースは衝撃《しょうげき》で変形し、留め金も破損して中身を撒《ま》き散らした。特殊用紙と本の束が、周囲に散らばる。

まずい。

このまま戦いになれば、走り回って紙を拾わなければならない。

コートにも紙は仕込んでいるが、研究室で使ったため、量ははなはだ心もとない。

火の手がこの場所まで及んだら、耐火紙以外は燃えてしまうおそれもある。

「…………………………おっ？」

絶対的有利に高笑いでもするかと思ったが、男は散乱したケースの中身を見て、軽い驚きの声をあげた。

視線を留めたのは、特殊工作部の特殊用紙ではなく、本のほうだった。

「……………ええええっ!?」

「………なんだ？　俺の本じゃねぇか」

その言葉に緊張も警戒も吹き飛び、慌《あわ》てて読子もその本を見る。

視線の先に転がっていたのは、先刻ナンシーに薦《すす》めた『豪殺！　猿人食堂繁盛記』だった。

著者名は、〝筆村《ふでむら》　嵐《あらし》〟。

判断というよりは本能に近い。しかもそれは偶然の手助けなくしてはありえなかった。

部屋が揺れた瞬間、ナンシーはまず透過《とうか》能力を使おうと考えた。だが、その後に襲ってきた衝撃は、彼女にその猶予《ゆうよ》を与えなかった。

ドアを吹き飛ばして部屋に吹き荒れた爆圧は、残骸《ざんがい》ごと二人を押しやった。

ゆえに、ナンシーは能力を発揮《はっき》する間もなく、壁と天井の境めがけて吹き飛ばされる。それは墨蕾も同じだったらしく、ナンシーは上下左右の感覚を失った宙で初めて、彼女が童女のように目を丸くしているのを見た。

叩きつけられる寸前、空虚となった判断力に、本能が滑りこんだ。

ナンシーは全身に透過能力を満たした。

壁をすり抜け、地表を飛び出し、身体《からだ》は宙へと打ち上げられた。

眼下では、今すり抜けた建物が大きく揺れていたが、それが爆発によるものだとはまだ知る由《よし》もない。

ナンシーが我に返ったのは、放物線が落下に変わってからである。

「！」

プレートがまだ手中にあるのを確認し、再度、透過《とうか》能力に身を浸す。

落下予測地点に、瓦《かわら》ばりの屋根が見えた。

着地に備えて、身を丸くする。

透過の時点ではどんな体勢でも変わりはないが、その後の着地に影響があるのだ。

体術には自信があるが、片手がプレートで塞がっているため、用心しなければならない。

屋根を通過し、床を転がってスピードを殺し、身体《からだ》を止める。

何度も経験した一連の動作だが、あれほどの高度から行うのは初めてだった。

「………今のは？」

爆発であることはわかった。しかしそれが誰の手による、何のためのものかがわからなかった。墨畜の追撃から逃れることはできたが、手放しで喜ぶわけにもいかない。

遅れて、地面が揺れた。

爆発の影響は広範囲に及んでいる。

おそらくは、あのトンネルを通じて各所に広がっているのだろう。

敵地とはいえ、文化的建造物への大打撃を考えると冷たいものが走る。

なによりも、あの爆発で読子はどうなったのか？　それが一番気になった。

脱出直前に見せた俊敏《しゅんびん》さは、彼女の予想以上な能力値を実感させたが、あの僧衣の男にしても、一筋縄《ひとすじなわ》でいく相手なはずがないのだ。
引き返して加勢するか？　脱出してジョーカーに援軍を頼むか？
決断に揺れていると、窓の外でまた爆発音がした。
「…………………」
この建物にはまだ火も回っていないが、爆発の規模は想像以上に大きい。
外部から、消化や救助の人員が駆けつけるのも時間の問題だ。
窓に歩み寄り、隣接《りんせつ》する建物の状況を探る。
雲の多い空だが、それでもわずかな月光で、樹木や壁は見てとれた。
その時。目前の窓ガラスが、突然真っ黒に染まった。
「！」
考えるより先に、後方に飛び退《の》く。
平行に並んだ窓ガラスは、次々と黒く染まっていった。墨《すみ》が、吹き付けられたのだ。
生きている！
あの一瞬で透過できたとは思えなかった。
だから、墨蕾は爆発に巻き込まれて死亡した、と考えていた。思いこんでいた。
しかしガラスを滴《したた》る墨は、明らかに彼女の仕業《しわざ》である。
「…………………ちっ」
床に手を当てる。窓が塞がれるのなら、地下から脱出だ。

だが、床に置いた手からは、予想外の状況が伝わってきた。

軽い振動と、音が感じられたのだ。トンネルは、この建物の地下にも通っている。そしてその中を、爆発によって生じた炎が燃えさかっているのだ。

地下には潜れない。

そう判断した時には、もう窓ガラスは一面、墨《すみ》で塗りつぶされていた。

ここでナンシーは、さらに墨蕾の包囲が縮められたことに気づく。

建物の中に灯りはない。

今まで頼りだった月光は、墨で遮《さえぎ》られてしまった。

つまり、部屋の中は限りなく闇に近くなったのである。どこから墨蕾が侵入してきても、ナンシーには目視できなくなった。

ガラスが駄目なら壁を、と考えていた。

しかし、墨蕾がそこに先回りしていれば、やすやすと仕留められることだろう。

いや、その前に、墨蕾が先ほどのように毒墨を吹きつけてきたら。ナンシーの視界は、闇一色に塗られることだろう。

落ち着くのよ。

弾倉を装填《そうてん》しなおし、部屋の中央に立つ。

手探りと、墨ごしのほんのわずかな光で、室内になにがあるかを把握《はあく》していく。

そうしてる間にも、墨蕾が襲いかかってくるかもしれない。手を摑《つか》んでくるかもしれない。

墨を吹きかけてくるかもしれない。

パニックになりそうな心を、どうにか抑える。

部屋の中には、鐘《かね》や鏡を象《かたど》った調度品が並んでいた。

ナンシーには知る術《すべ》もないが、彼女が飛び込んだのは文房四宝館《ぶんぼうしほう》の、皮肉にも古墨《こぼく》の間だった。

五〇〇グラム以上の重量級から、数グラムの軽いものまで、およそ二〇〇挺《ちょう》の墨が陳列《ちんれつ》されている。

調度品に思えたのも、実は彫刻に施《ほどこ》された古墨だ。その色も黒を始めとして赤、青、緑と、およそ我々の知る墨のイメージを超えたものも多々ある。

いわばナンシーは、敵の巣のど真ん中に飛び込んでしまったようなものである。

「…………」

緊張のあまり、汗が額から流れ落ちる。

それがまるで墨の雫《しずく》のような気がして、不快に思える。

……もう、部屋に入っているのか？　神経を集中して、空気の質感を探っていく。

今にも背後から襲われるのでは？　キリキリと、精神が絞《しぼ》られていく。

カサ、と小さな小さな音がした。

普段だったら、聞き逃してしまう音だろう。

しかし今のナンシーは、素早く反応した。

音が聞こえた方向——斜め後ろの天井、その隅に向かって銃を撃つ。

壁をえぐる着弾音《ちゃくだんおん》が聞こえた。

その空間をじっと見つめ、闇に慣れた目がどうにか捉えた標的。

それは蜘蛛《くも》だった。

「…………………………!」

だが、今までに見たことのない、禍々《まがまが》しい蜘蛛だった。人の顔、人の姿を持つ、おぞましい蜘蛛だった。

「ばけもの…………………」

思わずそんな言葉が口を出た。

天井と二辺の壁が交わる場所、その隅に手足を踏ん張って、墨蕾が張りついている。

細く長い手足は壁の細工や天井の板に、鈎《かぎ》のように引っかかっている。

その中央で、だらりと首がぶら下がっていた。

前に突きだした顔が、ナンシーを見てにたにたと笑っていた。

「…………………へたくそぉ……」

銃弾は一発も墨蕾の身体《からだ》に当たらず、壁や天井にめりこんでいた。

我に返ったナンシーが、その笑い顔の中心めがけて引き金を引こうとする。

しかしわずかに早く、墨蕾が身体を後ろに反《そ》らせて、天井に作った墨《すみ》の染みに消えた。

妖怪だ。自分が相手にしているのは、人間ではない。

子供の頃に読んだ、幽霊話や怪談。

それから感じた恐怖が、ナンシーの中に蘇《よみがえ》りつつある。

プレートなど投げ出して、逃げ帰りたい。

悲鳴をあげて、外へ飛び出したい。

オーストラリアに帰って、ベッドの上でシーツを被ってなにもかも忘れてしまいたい。

任務のことも、読仙社のことも、特殊工作部のことも、このばけもののことも……そして、読子のことも……。

「私が、道を作ります」

不意に、頭の中に読子の声が響いた。

別れる前に、ナンシーにかけられた言葉だ。

初めて聞く、強い意志が込められた一言だった。

その言葉どおり、彼女は道を作った。ナンシーの脱出口を作り、自分はそのまま残ったのだ。敵地のど真ん中に、たった一人で。

なんのために？

むろん、任務のために。

だが、それだけだろうか？

「だって私、ナンシーさんが好きですから」

読子の言った、もう一つの言葉が思い出される。

他意があるわけもない。出会って半日だが、あの女に腹芸ができるとも思えない。

そう言った時、影の中で、読子の顔は不思議と明るく見えた。

なぜ、明るく見えたのか。

そこに、迷いが無かったからだ。

この二つの言葉がなぜ、今思い出されるのか？

それは、自分になにをさせようとしているのか？

恐怖からの逃避か、思考が錯綜《さくそう》する。

そもそも今この状況において、そんなことを考えるのは正しいことなのか？

脱出と墨蕾の撃退に、脳細胞の一片まで割かなければならないのではないか？

自分が、自分に忠告する。

今まで常に任務と利益《りえき》を優先してきた自分。迷うことのなかった自分。真の危機と、心底を震わせるような恐怖を知らずに生き残ってきた、自分。

だが今日に限って、今に限ってもう一人の自分が口を挟む。

考えるな、感じるのよ、ナンシー。


「ふっ、ふっ、ふっ……」

笑っているわけではない。驚嘆しているのだ。

読子はメガネの下で、これ以上ないぐらいに大きくを目を見開いている。

その瞳の中心には、とても頭脳労働者とは思えない、屈強な肉体を僧衣《そうい》に包んだ男が映っている。

数秒前まで、それは戦慄《せんりつ》すべき敵として認識されていた。今もその状況に変化はない。

しかし、男の言った「俺の本じゃねぇか」という一言が、読子の心境を一転させたのだ。

「ふっ、筆村せんせいっ!?」

思わず指さしてしまう。無防備な態度だが、筆村も余裕《よゆう》があるのか、読子の反応を楽しむつもりなのか、攻撃はしかけてこない。

「あいよ」

笑いながら、返事さえしてくる。

愛書狂《ビブリオマニア》の読子には、特に熱烈に愛する作家が数人ほどいる。

そのうちの一人が菫川ねねねであり、一人が筆村嵐なのである。

ねねねはベストセラー作家だが、筆村はおよそ著作がベストセラーリストに載ったことがない、それどころか重版《じゅうはん》されたこともないマイナー作家だ。

書く小説は常にエロス&バイオレンスのエンターテイメント、怪しい拳法使いがひた走り、悪霊やら妖怪やらが立ちはだかり、勢い余って宇宙にまで飛び出すこともしばしば、という娯楽一辺倒の純粋娯楽ノベルスである。

それだけなら他の作家と大差はないが、筆村の小説は主人公が猿だったり屋台のラーメン屋が格闘修行に来た宇宙人だったり、核戦争後に生き残った米露《べいろ》の拳法使いがミサイルで殴《なぐ》りあったりと、いい意味でも悪い意味でも独自のスタイルを貫《つらぬ》いている。

確かに個性的ではあるのだが、そのぶん一般層にアピールするところは少なく、むしろ皆無といってよく、新作を出す度にターゲットを減らしていく、という悪循環に陥《おちい》っている。

しかも、発売リストに新作が載っても、「突然、鶴に会いたくなった」「熊と戦いたくなった」「サイの交尾が見たくなった」と、理解に苦しむ理由を残して失踪《しっそう》し、原稿を落としてしまうことがあるのだ。ファンにしても編集者にしても、見限らないのが不思議なほどである。

読子はその筆村の、稀少《きしょう》動物並に数少ないファンなのだが、実際に彼の姿を見たことはない。サイン会の告知があると必ず出向くのだが、その度に「先生は、急にベネズエラへ取材旅行に行きました」「チベットで鳥葬《ちょうそう》を見学してます」などの理不尽《りふじん》な理由での中止の言葉を聞いている。

ノベルスのカバー折り返しにある著者近影も、とんでもない遠景だったり、愛鰐《あいわに》の〝鰐介《ワニスケ》〟が代理に写っていたりで、その正体は長らく謎《なぞ》とされていた。

故に、今目の前に立つこの男が筆村嵐だったとは、読子にとって晴天の霹靂《へきれき》なのである。

「ウソですっ！」

「ああっ？」

思わず読子が叫んでしまうのも無理はない。

「だってだって！　筆村先生がそんな……！　世界の平和を乱す……悪の片棒をかつぐ……変人、いや怪人、ていうか、そんなでっかい筆を振り回す人なわけがっ！　ありませんっ！」

反論にしても根拠が希薄《きはく》だ。しかしファン気質として納得できるのは、筆村の出で立ちがあまりにも作家の平均像からかけ離れているからだろう。

「困った姉ちゃんだな。じゃあ、どうすれば信用してくれるんだい?」

「……私が、先生に関するクイズを出します！　本物なら、それに正解してください！」

「まあ、それで気がすむんならな。……どれ、言ってみろよ」

戦いは予想外の方向に向かいつつある。

読子はしかし、真剣このうえない顔で口を開いた。

「ふっ、筆村先生のデビュー作は………………」

「…………………………」

筆村は黙ったままで、読子を見つめている。

「…………『情熱！　純愛大統領』ですがっ！」

先走った答えを誘う、引っかけ問題だったらしい。しかしこの状況においてはまったく意味がないことに読子は気づいていない。相当、混乱しているようだ。

「では第二作、『ビタミン姉妹　艶殺湯煙大回転！』の主人公の名前はっ！」

内容がまったく想像できないタイトルだが、筆村は即答した。

「ロミーとミッシェル、だ」

「当たってる！」

読子はショックのあまり、後ずさった。

「それじゃあ……本当にっ、筆村先生っ!?」

「さっきから、そう言ってるじゃねぇかっ」

「そんな……そんな……そんなぁぁっ！」

読者は、憧《あこが》れの作家に出会う時、どんなことを思うのか。

イメージと違う、と怒る者がいる。直《じか》に会って、より好きになる者もいる。作家は作家、作品は作品、と急に割り切る者もいる。家に帰るなり突然作品を段ボールに入れ、押し入れにしまう者もいる。

読者は作品の向こうに作家の姿を夢想する。

それはある意味で正しい。作品こそ作家を探る、最大のヒントだからだ。

だがしかし、一つの作品でも百の読者がいれば、百の解釈があるように。作家と作品のイメージが合致《がっち》することは、稀《まれ》なのだ。

読子も作品から、それなりの筆村像を作っていた。しかしそれは、あくまで常識の範疇《はんちゅう》だった。巨大な筆を振り回す、敵組織に雇われた怪人物などと誰が考えたことだろう。見方を変えれば、作品の印象どおりと言えないこともないのだが。

「なんですかぁっ!?　私、私、先生の大っ、大っ、大っファンなのにぃっ！」

「うん?」

読子の叫びに、筆村が眉《まゆ》を動かす。

「なんで先生っ、『アニマル頭領　建吉《たてきち》』の新刊も書かずに、こんなトコにいるんですかぁっ！」

読子があげたのは、〝新シリーズ開幕！〟と銘打《めいう》っておきながら、一巻以降が六年も出ていない筆村の作品である。

「よく知ってんな、あんなの……」

感心したような、呆《あき》れたような表情になる筆村だ。

「どうやら、俺のファンってのは本当らしいな……」

改めて、上から下まで、読子をしげしげと見つめる。

「これがファンってもんか。初めて見たぜ」

「ど、どうも、初めまして……」

思わず頓珍漢《とんちんかん》な答えを返してしまう読子である。

「姉ちゃんにゃ悪いがな、『建吉』の新刊はもう出ねぇ」

「！　なぜです！　二巻が出ないと、シリーズにならないじゃないですかっ！」

「理由は簡単よ……。売れなかったからだ！」

自作が売れなかったことを大声で叫ぶのも、なみの神経ではない。

「まったくだ！　これっぽっちも！　非のうちどころもなく売れなかったんだぁっ！」

文法的におかしい気もするが、意味だけは激しく伝わってくる。そんな言い回しも彼の書く文章そのものである。

その勢いに、むしろ読子のほうがうちのめされる。

「そっ……それは、そうだったのかもしれませんが……なら、新作に心血《しんけつ》を注いでいただければ……私たちファンとしても、嬉《うれ》しいのですが……」

「けっ、売れなかったのが『建吉』だけだと思うなよ。自慢じゃねぇが、俺の本で売れたもんなんざぁ一冊も無ぇ！」

内容に反して、自慢げに胸をはる筆村だ。

「こないだの『筋肉令嬢一〇〇万ボルト』で、ついに荘栄《しょうえい》出版も愛想をつかしやがった！　もう一切、俺の本は出さねぇとよ！」

「私それ、買いました！　七二冊！」

「神保町の店頭調べじゃ、〝どこの店でも同じメガネにコートの女が買い占めてった〟つって、組織票扱いされたんだっ！　俺がそんな姑息《こそく》なマネ、するかっ！」

「あおおっ、すみませぇん……」

違う意味で白熱していく、二人の会話である。

「だがな、俺はまだ、書かなきゃならねぇことが山のようにある！　もう出版社は頼らねぇ、俺の、俺による、俺のための出版社を俺が作り、俺の小説を世に送りだす！　その名も、『筆村王国出版』！」

「『筆村王国出版』…………」

読子は、その甘美な響きに、目下の状況も忘れてうっとりしてしまう。

「そのためにゃあ資金と！　創作意欲への刺激が必要なんでぇ！　ナマっちょろい取材じゃ得

られねぇ、ギリギリの刺激がよ！」

それで、読仙社からの依頼を受けたのか。

「……あの、もしかして先生、今までサイン会とか、すっぽかしてたのは……」

「おうよ！　世界をマタにかけ、この手の仕事をしてたんでぇ！」

愛する作家が、自分と同じことをしていた。しかも今、敵として目前に立ちはだかった。運命の悪戯《いたずら》にしても強引、かつ豪快だが、読子は不思議と納得していた。

なぜなら、それがまさに筆村の小説世界だったからだ。

「わかったか？　わかったら俺に捕まれ！　……安心しな、おめぇとの出会いは無駄にはしねぇ、次の作品の肥《こ》やしにしてやらぁ！」

身勝手な理屈である。不条理な主張である。しかし作家とは、そういう人種なのだ。読子が本を読むことに魂《たましい》を売った女なら、彼らは書くことに全てを捧げた連中なのだ。

「………………………」

俯《うつむ》き、黙る読子である。

「覚悟を決めたか、姉ちゃん？」

しばらくの沈黙の後、読子は小さく口を開いた。

「筆村先生……私、もう一人、作家の先生に知り合いがいるんです」

「あぁん？」

筆村は知るべくもないが、読子の頭には〝彼女〟の姿が浮かんでいる。

「その人は、先生と同じようにワガママで、自分勝手ですが……作品のために、他人を傷つけようとはしません」

遠くで、塔が崩《くず》れる音が聞こえてきた。

「そいつはまだまだヒヨッコだな。モノカキが自分をつきつめていきゃあ、遅かれ早かれ、ヒトを傷つけるもんよ。そいつが、作家のエゴってヤツだ」

「逃げないでくださいっ！」

読子の言葉が、まっすぐに筆村を刺す。

「逃げる、だと？」

「そうして書いたものは、誰のための、なんのための本なんですか？　……私、先生の作品はみんな好きです。どれも、私たちを楽しませようって気迫が満ちてました。だから私は、先生の本を、一人でも多くの人に知ってほしいって、ずっと思ってました」

ナンシーに薦《すす》めた『豪殺！　猿人食堂繁盛記』が転がっている。

「でも……でもっ！　人を犠牲《ぎせい》にして書き上げた本が、私たちを楽しませてくれるって思えないんです！　それは今、先生が、自分を削ることから逃げてるからです！」

「…………………」

筆村は無言で読子を見つめる。しかしグリップを握る腕の筋肉は、みるみる盛り上がってくる。

「それが作家のエゴなら、読者のエゴで止めてみせます！　先生を、先生の本を、これからも好きであるために！」

　読子が紙を構える。

「…………おもしれぇ……本当に、おもしれぇ女だ……王炎のヤツが、こだわった気持ちもちょいとわかるぜ……」

　ぶるるっと、筆村の腕が震えた。

「いいだろう。……俺たちは作者と読者、普段は本を挟んでの勝負だが……」

　熱風が吹いた。何枚かの紙が、宙に舞っていった。

「……今夜はジカに、やりあってみるか。……てめぇの紙と俺の筆……。どんな原稿が、あがるかな？」

　故宮博物院の中心を、巨大な原稿用紙に見立てて。

　二人の戦いが、始まった。


「………………………」

　何分が過ぎただろうか、墨蕾は姿を見せない。

　援軍を待っているのか？　それとも地下で負った傷が思った以上の深手だったか？

　いや、希望的観測は押し退《の》けたほうがいい。

　現状の正確な把握《はあく》こそ、脱出への糸口だ。

「！」

しかしナンシーは、自分が時間を〝浪費〟させられていたことに気がついた。

窓の外、夜空では月を雲が隠そうとしている。墨蕾は、このタイミングを待っていたのだ。すべてが闇、すべてが影になるこの時を。

脱出！

壁の方角に向かって走り出す。ほとんど破れかぶれに近い行動だった。

そしてそんな行動を、墨蕾が見過ごすはずがなかった。

ブーツが床に曳《ひ》かれた墨を踏み、滑った。バランスを崩《くず》し、ナンシーが倒れる。銃と、グーテンベルク・ペーパーのプレートが飛んでいった。

「⁉」

真上から、闇が覆《おお》い被さってきた。真っ暗な中に、白目と口だけが浮かんでいる。起きあがったナンシーの首を、見えない両腕が摑《つか》む。

「がはっ！」

猛烈な力で絞《し》められる。透過《とうか》能力を使おうと意識を集中する。が、その腕は首から離れない。喉《のど》を押し潰《つぶ》そうとする。

「⁉」

ぼうっと、闇の中に文字が浮かんだ。墨蕾の腕に刻まれた文字だ。それは、筆村が貼った結界と同じ文字だった。燃えるように、赤い。

「……………毒墨に血を混ぜた、特殊結界……」

驚くほど近くに、墨蕾の顔が迫る。

「…………………………これで、私の腕は使い物にならなくなる……でも」

墨蕾の口が笑う。

「………………………おまえだけは、この手で……」

ナンシーの意識が朦朧《もうろう》としてきた。

視界が闇よりも暗くなる。だが、それに替わって、ナンシーの中に大きく響く音がある。いや、音ではない。声だ。

「だって私、ナンシーさんが好きですから」

読子の声だ。

「私が、道を作ります」

考えるな、感じるのよ、ナンシー。

あの女の言葉を、真っ正面から感じるの。計算じゃない、打算でも理屈でもないわ。半日つきあえばわかるでしょ。あの女にそんなものは、ありはしない。呆《あき》れるほど正直で、素直で、バカなんだから。

だから人を動かし、人を変えることができるのよ。

「だって私、ナンシーさんが好きですから」

好きだから、信じて、

「私が、道を作ります」

信じるから、任せられる。

そう、あの女は私を信じたのよ。

それが、パートナーじゃないの？　命をかけられる、相棒ってやつじゃないの？

「…………………！」

ナンシーの瞳に、色が戻る。ほんのわずかだが、墨蕾が怯《ひる》んだ。

その時、部屋の床が大きく歪《ゆが》み、轟音《ごうおん》と共に割れた。火柱があがる。闇は一転して消え、室内は煌々《こうこう》と照らしだされる。

「！」

墨蕾が驚く。その隙《すき》を、ナンシーが奪った。割れ目から噴き出る炎に、墨蕾を身体《からだ》ごと引きずっていく。

「………………………おまえっ！」

「だぁぁぁっ！」

腕を摑《つか》んだまま、炎の上に倒れこむ。

「ぎゃあああぁぁっ！」

墨蕾が絶叫した。ナンシーは透過能力を使い、火をすり抜けさせている。しかし墨蕾に捕まえられた首だけは、激しい熱さに灼《や》かれている。

「いあああぁぁっ！」

たまらず離れ、墨蕾が床を転がる。燃えていた服がぶすぶすと煙をあげた。

「………………………っ！」

墨蕾が悪鬼の表情を取り戻し、振り返る。

その視界に映ったのは、炎を背にし、シルエットになったナンシーだった。

墨《すみ》のように真っ黒なその姿、その腕には、銃が握られている。

「バイバイ」

別れの言葉を乗せて、銃弾が発射された。それは墨蕾に命中し、彼女を後方へと吹っ飛ばした。

「………………」

しばらく、ナンシーはその姿を見つめる。動く気配も、呼吸音もない。

床の上に、黒い染みが広がっていった。残り火に照らされたそれは、血なのか墨なのか区別がつかない。

「………脱出……しなきゃ……」

首に激痛を覚えながら、それでもナンシーはプレートを拾って歩き出す。

その瞬間、意識が途切れた。

「えっ……？」

急に襲いかかった、甘い眠りだった。抗《あらが》う術《すべ》もなく、床に倒れる。

「……読……子……」

瞼《まぶた》を閉じたナンシーに、ドアを開けて入室してきた男が近づく。

手には煙を上げる香炉《こうろ》を持ち、顔の半分をマスクで覆《おお》っている。

男はグーテンベルク・ペーパーと、部屋の惨状に目をやった。

「…………………………………」

苦々しい表情を作り、男──凱歌《がいこー》は、ナンシーを見下ろした。


「逃げるなぁぁっ！」

筆村の胴間声《どうまごえ》が、爆音に劣らない大きさで太和殿前の広場にこだまする。

「逃げますぅっ！」

読子の悲鳴が、その音量にまぎれながらも弱々しく響く。

先刻「逃げないでください」と筆村に言い放った読子だが、今は自分がコートをはためかせながら広場を逃げ回っている。

「ちょこまかとぉっ！」

研究室で見せた筆の弾丸を連射し、筆村がグリップを捻《ひね》る。

形勢は、読子の圧倒的な不利だった。

近づけば巨大な筆がヌンチャクのように振り回され、距離を置けば毛先の中から飛び道具が撃ちだされる。

読子の得意とする紙飛行機も弾かれて、筆に傷をつけるのが精一杯だ。

コートに残っていた紙は、あっというまに無くなっていった。

しかも、広場には身を隠す遮蔽物《しゃへいぶつ》が無い。ほんの一秒、休むこともできないのだ。

「先生っ、そんな筆、どこから手にいれたんですかっ！」

「特注だ！　次の作品じゃ、主人公がコイツを使って大暴れよ！」

そう言いながらも、筆村はグリップを操作する。

毛先が開いて筒《つつ》が飛び出し、粘着質《ねんちゃくしつ》の液体を発射した。

「あひゃっ！」

粘液は、読子のコートの裾《すそ》をとらえる。

ぴん、と生地《きじ》を引っ張られ、読子がしりもちをつく。

「もらったぁっ！」

筆村が飛び上がり、筆を背負うようにして読子の頭上へと振り下ろす。読子の周囲に太く、長い影が落ちた。

「！」

間一髪《かんいっぱつ》でコートを脱ぎ捨て、読子はごろごろと転がった。

「ちぃっ！」

地響きを立てて、筆が石にめりこんだ。爆撃跡もかくやというクレーターが出現する。

文章の腕前を筆力というが、こちら方面なら、筆村は世界でも有数の実力者だろう。

「ああぁっ、おおおっ！」

ぐいっ、と筆を引き上げて、胴や頭上をぶんぶんと回し、威嚇《いかく》する。風を切る音は客船のタービン並みに騒々しく、盛り上がる筋肉は彫像《ちょうぞう》のように美しい。

「せいやぁっ！」

両脇に構えてポーズを取る。

「筆村先生……なんでそんなに、強いんです……」

どうにか上体を起こして、読子が疲労した声をあげる。

「己を鍛えずして、強い男が書けるけぇ！　すべては小説のため、こちとら命を張ってんだぁっ！」

よくよく見ると、「少林」の文字が縫《ぬ》われた僧衣《そうえ》は、もともと黄色だったらしい。

しかしその布地の大半は、くすんだ褐色《かっしょくいろ》に彩られている。

それが返り血で染まったものだと気づき、読子は改めて戦慄《せんりつ》した。

「そろそろ成仏《じょうぶつ》するけぇ？　やっぱ作者と読者じゃ、気合いが違うってもんよ」

その一言に、読子の爪《つめ》が地面を掻《か》いた。ガサ、と音が聞こえた。

「！」

紙が散らばっていた。スーツケースから散乱した紙だ。

「…………そんなことはありません！　読者だって、気合いを入れて読んでるんです！」

「ふん……そりゃまぁ、代金ぶんは気合いも入るだろうよ」

ペンは剣よりも強し。間違った引用ではあるが、絶大な力をあわせ持つ筆の魔力に、筆村は酔っている。

「お金を払ったからじゃありません！　本が好きだからです！　好きで好きでしょうがないんです！　そのためなら、命だってかけられます！」

濁った筆は筆ではない。それは禍々《まがまが》しい剣と同じだ。それが、読子の主張である。おそらくは、筆村の、世界で一番の愛読者として、読子はそれを筆村に教えなければならないのだ。

読者は与えられるだけではない。本を通して受け取ったものと、同じものを、作者に与えることができるのである。

それは手紙かもしれない。生き方かもしれない。読むという行為そのものかもしれない。なんにせよ、今、読子にとってはこの戦いがそれなのだ。

「今夜の先生は、力に溺《おぼ》れています！　そんな先生は、ボツです！」

「!?」

魂《たましい》がぶつかった。普通にサイン会で出会ったら。ファンの集いで出会ったら。決して口にしないであろう言葉が、読子から出た。

しかしそれは、筆村に対する、積み上げてきた愛情の証《あかし》だった。

「よく言った！　ここらでケリをつけてやるぜ！」

怒りのあまり、額に青スジを立てて筆村が叫ぶ。両筆から銃口が飛び出し、一斉射撃が始まった。

「！」

読子は地面に手を置き、ぐいっと上に引き上げた。紙片が重なり合ってその手に続き、紙の

砦《とりで》ができあがる。

「ぬうっ⁉」

即席の細い砦だが、身を隠すには十分だ。何百本も襲いくる筆を、読子はそこに隠れてやり過ごす。

「ちょこざいな、アマがぁっ！」

弾倉《だんそう》をチェンジしている間に、読子は移動し、同様に散らばっていた紙片で砦を作る。幾度もこれを繰り返し、広場にはいつしか、十何個もの〝紙の砦〟が出現していた。

月も雲に隠れ、広場は遠景で燃える炎に薄暗く照らされる。

「ふんっ……！」

確かに視界は遮《さえぎ》られたが、形勢が変わったわけではない。筆村は余裕《よゆう》を残しつつ、林立する砦の中を進む。

「出てこい、てめぇっ！」

砦は厄介《やっかい》だが、そのぶん読子が攻撃に使える紙も減っている。筆村の有利は変わらない。

「このやろう……」

月が雲から現れていく。

広場に伸びる砦の影、その後ろに、筆村は動く女の影を見つけた。

「見つけたぜっ！」

走り込み、正面にまわる。

「！」

しかしそれは、紙で作られた人形だった。重心を崩《くず》して傾いただけの動きだった。

「ちぃっ！」

罠《わな》か、と気づいて振り向く。背後から、攻撃してくる気か！

だがそこに読子の姿はない。カサ、カササ、と紙が崩れる音がする。人形が、覆《おお》っていた紙を崩し落とす。風に散っていくのは『豪殺！　猿人食堂繁盛記』から破りとられたページだ。そしてページが無くなったその下で、蘇《よみがえ》った月光を反射して、メガネが光る！

「！」

気配を感じた筆村が振り返る。しかし、巨大な筆が砦の一つに引っかかり、動きを遮る。一瞬、筆村は全身を読子の前にさらすことになった。

紙片を振り落とした読子は、両腕を上げつつ、袖口から紙をスライドさせ、細身の紙飛行機をそれぞれ折りあげる。

二丁拳銃を撃《う》つような構えで、読子が紙飛行機を飛ばす。それは筆村の左右両肩に突き刺さった。

「げぁっ!?」

痺《しび》れを感じた筆村が、両側の筆を取り落とす。筆は轟音《ごうおん》を上げ、地面に転がった。

肩に刺さったままの紙飛行機を、筆村が見つめる。折られた表面に「筆村　嵐先生に感想、ご意見のお手紙をお寄せください」との文字が見てとれた。

「…………………………くそっ……」

撃たれたガンマンのようによろめく筆村、それに対して立つ読子。月下の戦いは、愛読者に軍配が上がった。

……かに、見えた。

「降参してください、筆村先生……そして、王炎さんとの交渉《こうしょう》に」

「……甘ぇ、あめえぞ。エンターテイメントにゃ、どんでん返しがつきものよ！」

筆村が、転がった筆のグリップを蹴飛《けと》ばす。すると筆は、前方の毛先、後方の鎖《くさり》を切り外して、ゴゴゴっと震えた。

「！」

柄《え》の後部から尾翼《びよく》がスライドする。

「ミサイルだぁっ！」

筆村が高笑いをあげた。

「信管《しんかん》はねぇがな、アバラの五、六本はいただくぜ！　王炎たちが来るまで、ぶっ倒れててもらう！」

毛先の下から覗《のぞ》いた丸い弾頭が、読子を睨《にら》んだように見えた。

「いけぇっ！」

筆村のかけ声で、ミサイルは飛び立った。後部ノズルから煙と火花を噴射して。

「っ！」

恐怖のあまり、読子が身をかがめる。理屈でも計算でもない、純粋に怯えた反応だった。

だがしかし。

だがしかし、彼女が本を愛する以上。本に関わる人々のために戦う以上。

すべての紙は、読子の味方なのだ。

ミサイルは、紙の砦《とりで》に突き当たった。信管がない、爆薬も積んでないので、爆発はしない。

用途としては、鎮圧《ちんあつ》用のゴム弾のようなものである。

侵入角度が浅かったせいで、左に弾かれる。左には、また砦が立っている。その砦が、また異なる方角にミサイルを弾く。

「…………………………っ？　なにっ？」

唖然《あぜん》としたのは筆村だ。

ミサイルは、パチンコの玉のように、林立した砦に弾かれて、そのルートを徐々に変えていった。何物かの意志が、言うなれば紙の御手《みて》が、介在《かいざい》したように。

「そんな……そんな……そんな、バカなぁあっ⁉」

筆村は、自分の想像力を超えた、あまりにもバカげたクライマックスに直面していた。

十数度弾かれたミサイルは、飼い主にかけよる愛犬のように、筆村のもとへと戻ってきたのだった。

「⁉⁉⁉⁉⁉　……げふっ！」

腹に直撃をくらった筆村は、そのまま後方に吹っ飛ばされる。ミサイルに引っかけられたまま、真後ろへ、真後ろへと。

「筆村先生っ⁉」

意表をつかれたのは、読子も同じだった。慌《あわ》てて立ち上がり、その後を追いかけていく。

「ぎゃあああぁっ！」

筆村は、太和殿に突入し、そのまま直進していく。その行き着く先は……。

「！　がっ！」

元《げん》、明、清、三代の皇帝が使用した玉座《ぎょくざ》だった。ミサイルに叩きつけられ、玉座に座った筆村は、べきべきと肋骨《ろっこつ》が折れる音に悶絶《もんぜつ》した。

燃料切れか、推力《すいりょく》を失ったミサイルは、そのまま落下し、七段の階段を転がり落ちた。

衝撃のせいか、言い伝えの実行か。玉座の天井に彫られた竜は、円球軒轅宝鏡《えんきゆうけんえんほうきょう》を口から離した。

落下したそれは、伝説通りに筆村の頭を直撃した。

「ぶがっ！」

筆村は、それがとどめとなり、気を失った。

「筆村先生っ…………………」

かけつけた読子が、立ちつくす。

様々な野望と夢が渦巻《うずま》いた玉座で、筆村はどんな夢を見るのか。その夢が、彼にどんな、新たな物語を紡《つむ》がせるのか。

今はまだ、読者たる読子には知る術《すべ》がない。

「エージェントとしては二流ですね。まあ、作家としてよりはマシですが」

読子の横には、王炎が立っていた。

「！！！！！　王炎さんっ……！」

驚愕《きょうがく》と混乱が脳を支配した。突然の出現に、反応もできなかった。

王炎はそんな読子を見て、にっこりと笑った。

「中国にようこそ……読子・リードマン。心から、おもてなしをさせていただきます」

「！　…………………………」

足首に、針で刺したような傷みが出現した。次の瞬間、読子の視界は薄闇に変わり、

「…………あれっ……」

濃い闇に変わり、

「……………………ナンシー……さ、んっ……」

黒一色になった。

気を失い、倒れる読子を、王炎が抱きとめる。

「……そのコ？　王炎ちゃんのお気に入りは？」

柱の後ろから、小さな影が現れた。

「そうです。ジェントルメンの、お気に入りですよ」

その名を聞き、影はふんっと強く鼻を鳴らす。

「あのジジイ、まったく若いコには目がないんだからっ。何千年生きても、男ってみんなそうなのかしらねぇ？」

幼女である。せいぜい七、八歳といったところか。ぶかぶかの人民服に身を包んでいるが、かえって小さく、かよわい印象を受ける。

幼女は太和殿の外に向かい、煙たちこめる院内を眺めて嘆息した。

「あーあぁ、こんなに散らかしちゃって……」

「まあ、僕らもロンドンで暴れましたから。おあいこですね」

読子を両手に抱いた王炎が、その後に続く。

「どっちにしろ、メンバーは揃《そろ》ったみたいですし。本部に帰りましょうか、おばあちゃん」

幼女は無邪気に笑って答えた。

「そうね。王府井大街で、ケンタッキー買って帰ろ」

「いいんですか？　太りますよ」

「いいのっ。育ち盛りなんだから」

二人は瓦礫《がれき》の山と化し、煙と火の粉《こ》が飛び交う院内を、午門に向かって歩いていった。

エピローグ

ああ……………それにしても、本が読みたい…………………………。

なんかここんところ、ずーっと本屋に行ってないような……。

新刊とか、買い逃しちゃってたらどうしよう……。

早稲田《わせだ》の古書市も、もう終わってるよねぇ…………………。

これが終わったら………神保町《じんぼうちょう》に帰って、思いっきり本を買いに行こう……。

菫川《すみれがわ》先生も、誘ってみようかな……。


霧《きり》が晴れるように、眠りが覚めた。

「……………おらおら？」

寝起き特有の意味不明なつぶやきと、細い涎《よだれ》の線が口から漏《も》れる。

「……………えーっとぉっ……」

寝台の上にいる。中華風のものだ。四隅の柱に、彫刻がほどこされている。

「なんだっけ……」

立ち上がった時、少しだけ頭がくらっ、と揺れた。なにか身体《からだ》の中に、重いものが残っている。

それが、思考と視界に雲をかけているのだ。

「……………………………………………………んー」

メガネの下で瞬きを繰り返し、本調子を取り戻そうとする。

「…………？　……？　？　？」

まず理解できたのは、室内の様子だった。

寝台にテーブルに椅子《いす》に棚《たな》、すべてが中華的だ。

それを取り囲んでいるのは、檻《おり》だった。金属の縦棒に、細い鎖《くさり》が交わっている。檻というより、印象は鳥などのカゴに近い。ご丁寧《ていねい》なのか、冗談なのか、止まり木のような腰掛けまでブラ下がっている。

「えぇえっ！」

その檻は、石の手すりで区切られた、石畳《いしだたみ》の上に建てられている。

一歩先は、底深い谷だ。どれだけ深いのか、うっすらと霧《きり》がかかっている。

「えええっ⁉」

さらにその彼方《かなた》は、切り立った山と、岩である。

古い水墨画《すいぼくが》に出てくるような、屹立《きつりつ》した山の連なりが、視界の彼方《かなた》まで続いている。

山間部であることは明白だ。それも、相当に人里離れた場所に違いない……。

「あっ！」

ようやく、読子《よみこ》は気を失う前の状況を思い出した。

筆村《ふでむら》と争い、倒したと思ったら真横に王炎《おうえん》が出現したのだ。

そして、なにか足首に痛みが走り……。

刺された箇所《かしょ》を見た。赤い点がある。周囲の皮膚《ひふ》がもう薄ばんでいることから、記憶からかなりの時間が経過していることがわかった。

「今、いつなんでしょう……。ここ、どこなんでしょう……。ナンシーさん、どうなったんでしょう……？」

口にすると、不安感が増幅されていく。

「あのーっ！　誰かぁっ！　王炎さーん！」

読子は格子《こうし》を揺さぶって、叫んだ。

自分の声が山彦《やまびこ》になって、山の間に消えていく。

ばばばっ！　と、身体《からだ》のあちこちを探る。服装は、大英《だいえい》図書館の制服だ。しかしコートは無く、紙も一片たりと見つからない。

部屋の中にも、およそ本や紙の類《たぐい》は置かれていない。読子の能力を、警戒しているのだ。

「どうなってるんですかぁっ……」

困りはて、止まり木に腰掛ける。その姿はまさに、カゴの中の鳥である。

「誰かぁ……説明してくださぁい……ナンシーさん……ジョーカーさん……ウェンディさん

……菫川先生……王炎さんでも、いいですからぁ……」

俯《うつむ》き、ぶつぶつ呟《つぶや》いていると、声がかけられた。

「僕じゃ、ダメかな？」

「！」

顔を上げると、檻《おり》の向こうにファウストが立っている。

「ファウストさんっ！」

「やあ、読子……」

ファウストは、読子の姿を見て、くすくすと笑った。

「最初に会った時と逆だな、この状況は」

大英博物館で、読子が初めてファウストに出会った時のことだ。あの時、アクリルの牢《ろう》に閉じこめられていたのは、彼のほうだった。

「ファウストさんっ！　どうなってるんですかっ⁉　グーテンベルク・ペーパーは⁉　ナンシーさんはっ⁉　あ、ナンシーさんって、私のパートナーなんですけどっ。ここ、読仙社《どくせんしゃ》の別荘かなにかですかっ⁉」

立て続けに訊《たず》ねる読子を、ファウストは静かに制した。

「そのへんの状況は、後で王炎から説明があるよ」

その深淵《しんえん》な瞳が、じっと読子を見つめる。

「君が起きたのを知ったら、直《じき》に来るさ。……ただその前に、話しておきたいことがあるんだ」

「……なんでしょう……」

不安混じりの表情で、読子はファウストを見つめ返す。

「なに、簡単なことだ……二つに一つ、ちょっと選んでほしいんだ」

「選ぶ？」

ファウストはあっさりと、しかしはっきりと言った。

「僕のお嫁さんになるか？　僕に殺されるか？　どっちがいい？」


（つづく）

あとがき

ご無沙汰《ぶさた》しました。六巻です。

本日西暦二〇〇二年の七月一日。一ヶ月間に渡って吹き荒れたサッカー大会も終了し、「ふぅコレで世の中も静かになることじゃろう。だいたいあんなタマ蹴《け》った入った喜んだ大会のナニがオモシロぅて瞬間最大視聴率《しちょうりつ》八〇%も。八〇%といえば春のセンバツで明訓対土佐丸戦で山田と犬神が対決した時の視聴率と同じやないか。山田も犬神もいないのになんでサッカー大会」などと私の孤独なハートもやや復調気味。

各方面にご迷惑をぶっかけながらも、どうにかこうしてあとがきまでたどりついた次第でございます。よかったよかった。

と思ったら、今思いっきりパソコンがハングアップなどしまして途中まで書いてた文章がすべてパー。ヒネクレて飲んだくれて『大阪で生まれた女』を一六番まで熱唱しようかと思いましたが、締め切りは今日なのでセカンドマシンにて執筆を再開いたしました。

が、エロゲー専門のエロマシーンとして使用していたこのヴァイオには普段お使いになられている一タロウもインストールされてなく、慣れないワードパッドで本稿をえっちらおっちら書き進めることに。昼ドラなみに襲いくる運命の嵐にちょっとムカついたので『大阪で生まれた女』を四番まで激唱してみました。萩原健一調で。

これで終わればタダの実況中継なので、本巻についてのメイキングなどを少し。

コレがね、前巻に入る予定だったのですね。いやワレながら。入るわけないよなー、と。

中国といえば紫禁城《しきんじょう》！　あのだだっ広い舞台にてザ・ロック！（非ＷＷＦ）と資料をパラパラめくってたら、中国では筆や紙や墨《すみ》や硯《すずり》を文房四宝《ぶんぼうしほう》と呼ぶらしい、とマメチシキもわらわらと。ナルホド、読子が紙使いなら敵もそれっぽく筆とか持たせたり墨とか吹かせたりしたら物語の文系度もメキメキ上昇、愚息《ぐそく》も賛同イイネソレ！　ああそうだ、筆といえば本作には前半でほったらかしてたままの筆村嵐《ふでむらあらし》センセイがいたではないか！　というワケで。

ミゴト本巻はオソレオオクも他国の世界遺産を破壊しつくすバチアタリアクションノベルにと決定したのでした。

しかし、物語の行く先が『地球の歩き方』に左右されている小説も珍しいような気が。

おばあちゃんもちょいっと顔見せして、いよいよクライマックスの予感。例によってこの巻に入らなかったエピソードも含めて、そうですね、あと二冊ぐらいでなんとか……。とか考えているのですが、いやもう。ホントに。どうなることやら。

それはそれとして私、明後日《あさって》（七月三日）から一週間ほどアメリカに行くのですが。生まれて初めての海外旅行なのですが。

ＡＸという向こうのアニメのコンベンションに『R．O．D』が招待され、舛成《ますなり》監督と石浜《いしはま》さんと三人でゲストとしてお呼ばれしたのです。

アメリカ！　ジョン・カーペンターとカート・ラッセルを生んだ国！　とヨロコビまぎれに承諾《しょうだく》いたしましたが、一週間も（日本語の）本が無い環境に自分は耐えられるのか？　と図《はか》らずしも本編の読子と似た状況にほうりこまれることに気づいて『大阪で生まれた女』を二番まで艶唱《えんしょう》。シツコイですか？

まあ、本書が皆様のお手元に届く頃にはとっくに帰ってきて「ミーはおアメリカ帰りのスターザンス」と誤った影響されっぷりをふりまいていることでしょう。

あと、昨日黒田《くろだ》さんが「なんかＤＶＤでも買ってきて」と五万円もくれたので、「いやぁ六万円もしましたよ」と五ドルで買った『エピ○ード２』の海賊版《かいぞくばん》ビデオＣＤを渡して残りを着服し、『やっぱり猫が好き』のＢＯＸでも買おう、と。黒田さんにはナイショだ。

そんなこんなでもうちょっと続いて新たな展開などもあったりしてアニメの続編なども動いたり休んだり遅れたりしてる『R．O．D』ですが、また次巻など出ましたら、あなたの行きつけの本屋さんでシーユーアゲン（さっそく英会話の練習だ！）。

向こうの人には〝スタンド〟の概念が通用するか、それが一番心配な　倉田英之この作品の感想をお寄せください。

あて先　〒101-8050
東京都千代田区一ツ橋２－５－10
集英社　スーパーダッシュ編集部気付

倉田英之先生

羽音たらく先生

スーパーダッシュ

R.O.D. 第六巻
READ OR DIE YOMIKO READMAN "THE PAPER"

倉田英之
スタジオオルフェ

集英社スーパーダッシュ文庫

2002年7月30日 第1刷発行
2016年8月28日 第7刷発行

★定価はカバーに表示してあります

発行者 鈴木晴彦
発行所 株式会社 集英社
〒101-8050 東京都千代田区一ツ橋2-5-10
03(3239)5263(編集)
03(3230)6393(販売)・03(3230)6080(読者係)
印刷所 株式会社美松堂/中央精版印刷株式会社

ISBN978-4-08-630087-7 C0193

第一巻

大英図書館の特殊工作員・読子は本を愛する愛書狂。作家ねねねの危機を救う！

第二巻

影の支配者ジェントルメンはなぜか読子に否定的。世界最大の書店で事件が勃発！

第三巻

読子、ねねね、大英図書館の新人司書ウェンディ。一冊の本をめぐるオムニバス。

第四巻

ジェントルメンから読子へ指令が。“グーテンベルク・ペーパー”争奪戦開幕！

第五巻

中国・読仙社に英国女王が誘拐された。交換条件はグーテンベルク・ペーパー!?

第六巻

グーテンベルク・ペーパーが読仙社の手に。劣勢の読子らは中国へと乗り込む！

第七巻

ファン必読。読子のプライベートな姿を記した『紙福の日々』ほか外伝短編集！

第八巻

読仙社に囚われた読子の前に頭首「おばあちゃん」と親衛隊・五鎮姉妹が登場！

第九巻

読仙社に向け、ジェントルメンの反撃開始。一方読子は両者の和解を目指すが…。

第十巻

今回読子に届いた任務は超文系女子高への潜入。読子が女子高生に!?興奮の外伝！

第十一巻

“約束の地”でついにジェントルメンとチャイナが再会。そこに現れたのは……!?

第十二巻

ジェントルメンとチャイナの死闘が続く約束の地に、読子が到着。東西紙対決は最高潮に！

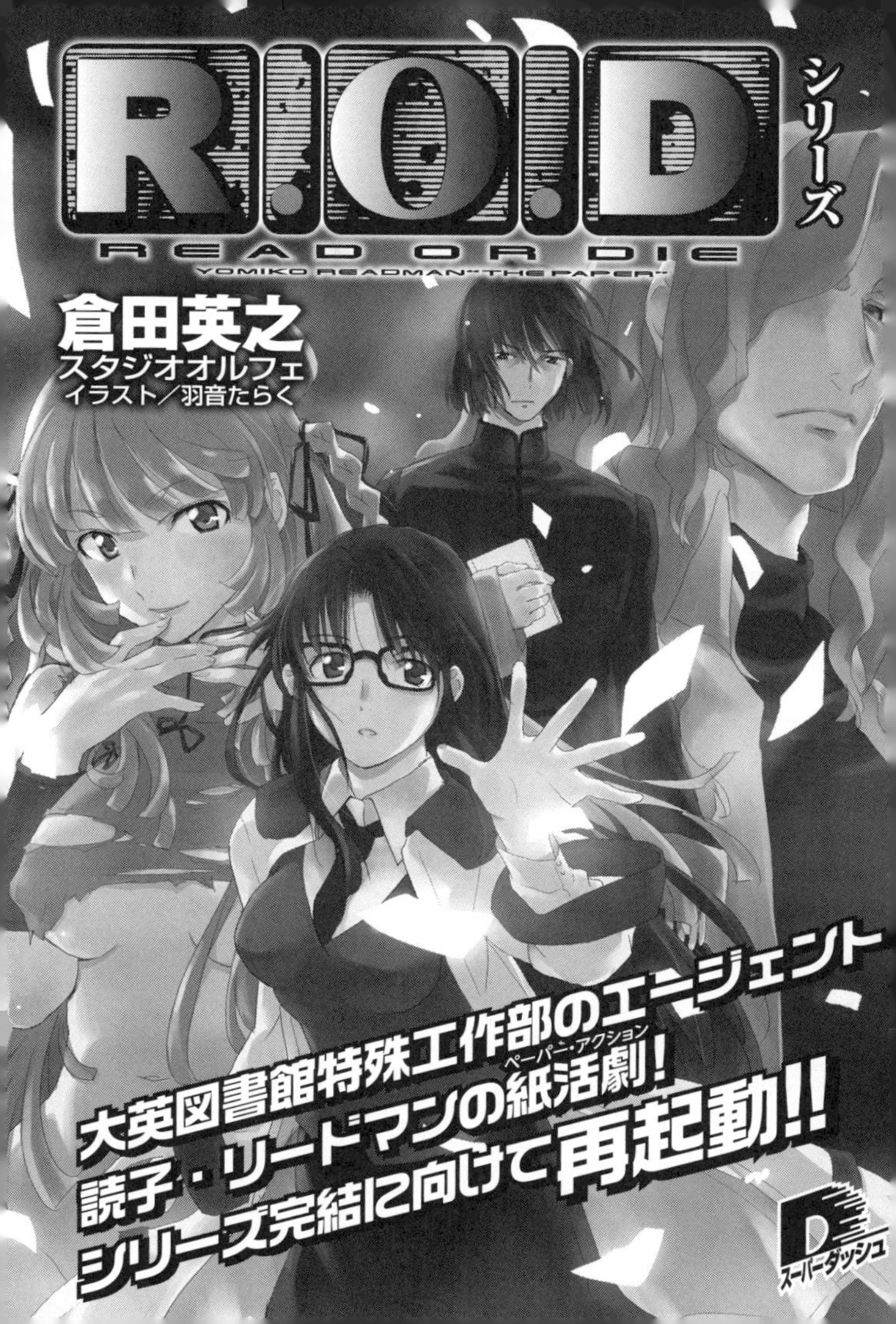
R.O.D シリーズ
READ OR DIE
YOMIKO READMAN "THE PAPER"
倉田英之
スタジオオルフェ
イラスト／羽音たらく
大英図書館特殊工作部のエージェント
読子・リードマンの紙活劇《ペーパー・アクション》！
シリーズ完結に向けて再起動!!
スーパーダッシュ

ダッシュエックス文庫

紅 新装版

片山憲太郎
イラスト／山本ヤマト

揉め事処理屋を営む高校生・紅真九郎《くれないしんくろう》のもとに、財閥令嬢・九鳳院紫《くほういんむらさき》の護衛依頼が舞い込んだ。任務のため、共同生活を開始するが…!?

紅 ～ギロチン～ 新装版

片山憲太郎
イラスト／山本ヤマト

悪宇商会《あくうしょうかい》から勧誘を受けた紅真九郎。一度は応じたものの、少女の暗殺計画への参加を求められ破談にした真九郎に《斬島《きりしま》》の刃が迫る!!

紅 ～醜悪祭～ 新装版

片山憲太郎
イラスト／山本ヤマト

揉め事処理屋の先輩・柔沢紅香《じゅうざわべにか》の死の報せが届いた。真相を探る紅真九郎の前に、紅香を殺したという少女・星噛絶奈《ほしがみぜな》が現れるが…!?

紅 ～歪空《ゆがみそら》の姫～

片山憲太郎
イラスト／山本ヤマト

崩月《ほうづき》家で正月を過ごす紅真九郎に、お見合い話が急浮上!?　裏十三家筆頭《歪空《ゆがみそら》》の一人娘との出会いは、紫にまで影響を及ぼして…!?

ダッシュエックス文庫

クロニクル・レギオン
軍団襲来
丈月 城
イラスト／BUNBUN

クロニクル・レギオン2
王子と獅子王
丈月 城
イラスト／BUNBUN

クロニクル・レギオン3
皇国の志士たち
丈月 城
イラスト／BUNBUN

クロニクル・レギオン4
英雄集結
丈月 城
イラスト／BUNBUN

皇女は少年と出会い、革命を決意した――。最強の武力「レギオン」を巡り幻想と歴史が交叉《クロス》する！　極大ファンタジー戦記、開幕！

維新同盟を撃退した征継《まさつぐ》たちに新たに立ちはだかる大英雄、リチャードI世。獅子心王の異名を持つ伝説の英国騎士王を前に征継は!?

特務騎士団「新撰組」副長征継VS黒王子エドワード、箱根で全面衝突！　一方の志緒理《しおり》は、歴史の表舞台に立つため大胆な賭けに出る!!

臨済高校のミスコンに皇女・志緒理、立夏《りつか》までが出場することになり!?　しかも征継不在の隙を衝いて現女皇・照姫の魔の手が迫る!!

ダッシュエックス文庫

クロニクル・レギオン5
騒乱の皇都
丈月 城
イラスト／BUNBUN

文句の付けようがないラブコメ
鈴木大輔
イラスト／肋兵器

文句の付けようがないラブコメ2
鈴木大輔
イラスト／肋兵器

文句の付けようがないラブコメ3
鈴木大輔
イラスト／肋兵器

皇女・照姫と災厄の英雄・平将門が束ねる、〝零式〟というレギオン。苦戦を強いられる新東海道軍だが、征継が新たなる力を解放し!?

〝千年生きる神〟神鳴沢《かなるさわ》セカイは幼い見た目の尊大な美少女。出会い頭に桐島《きりしま》ユウキが言い放った求婚宣言から2人の愛の喜劇《ラブコメ》が始まる。

神鳴沢セカイは死んだ。改変された世界で、ユウキはふたたび世界《セカイ》と歪《いびつ》な愛の喜劇《ラブコメ》を繰り返す。諦めない限り、何度でも、何度でも――。

今度こそ続くと思われた愛の喜劇《ラブコメ》にも、決断の刻がやってきた。愛の逃避行を選択した優樹と世界の運命は…？ 学園編、後篇開幕。